Stories met Stekies

Henrietta Nel

JL van Schaik

Uitgegee deur J L van Schaik Uitgewers
Arcadiastraat 1064, Hatfield, Pretoria
Alle regte voorbehou
Kopiereg © 1998 H.W. Nel

Geen gedeelte van hierdie boek mag sonder skriftelike verlof van die uitgewer gereproduseer of langs enige elektroniese of meganiese weg weergegee word nie, hetsy deur fotokopiëring, plaat- of bandopname, vermikrofilming of enige ander stelsel van inligtingbewaring.

Eerste uitgawe 1998

ISBN 0 627 02273 1

Bandontwerp deur blu apple Design & Production House
Illustrasies deur V.E.M. Marais
Geset in $10\frac{1}{2}$ op 13 pt Palatino deur A1 Graphics, Pretoria
Gedruk en gebind deur Nasionale Boekdrukkery, Drukkerystraat, Goodwood, Wes-Kaap

Vir Patricia en Nanine

INHOUD

Stekies se storie	1
Swartoog Susan	5
Bloureën en eiloof	11
Pansies	19
Tussen die biesies en die varkore	25
Vergeet-my-nietjies	31
Kosmos	39
Malvas en magrietjies	45
Sonneblomme en rose	53
Brandnetels	61
Welwitsia	70
Vinkel en koljander	79
Van stokrose en matrones	79
Die olyftak	83
Luste en liste en 'n groenvrede	89
Mirre en aalwee	97
Pou se vere en sy stem	105
Akalifas	114

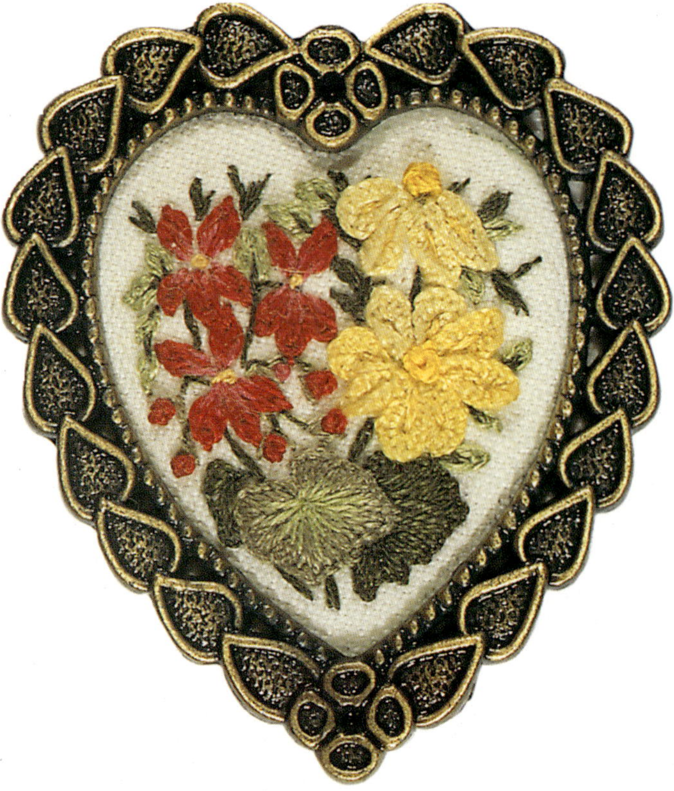

Stekies se storie

"Borduurwerk," sê die naaldwerkdosent, "is nie net die werk van 'n patroon op 'n duur lap nie. Borduurwerk is persoonlik; 'n skildering van jou drome, jou behoeftes, jou begeertes, die uitbeelding van pyn en vreugde en van jou mooiste herinnering. Borduurwerk is 'n kunsvorm waarmee jy jouself deur jou eie hande vaslê. Om te borduur, is om 'n Goddelike gawe te beoefen.

"Omdat daar geen maatstaf bestaan vir mooi en lelik nie, is nie alles wat geskep word vir almal ewe mooi nie. Dit is ook nie belangrik nie. Wat wel belangrik is, is dat jy jou skeppende vermoë oordeelkundig en oordadig gebruik, want slegs dan sal jy aan jouself en aan ander plesier verskaf."

Die groepie vroue wat ná 'n lang wag uiteindelik plek gekry het in die gewilde klas, voel dat hulle lidmaatskap verwerf het tot 'n klein kring van uitverkorenes.

"Terwyl ons werk, gaan ons met mekaar gesels. Maar eintlik sal jy vind dat jy hoofsaaklik met jouself gesels en aan jouself gestalte moet gee met naald en gare.

"Soos julle weet, is blomme die tema van hierdie workshop. Sommer net blomme. Plante en blomme in ons tuine, in die veld, langs die plaasdam, in die berge, langs die hoofpaaie. En soos ons werk, sal jy jou eie blom ontdek. Jy sal self weet waar jou blom is en of dit 'n mooi of 'n lelike blom is, of jy dit self geplant en gekoester het en of iemand anders dit geplant het. Die belangrikste is dat wanneer ons by jou blom kom, jy dit sal herken. As jy jou herkenning met ons wil deel, sal jy gewillige ore vind. Maar onthou, wat hier gepraat word, behoort aan hierdie workshop en wanneer jy hier weggaan, bly dit hier agter saam met al die ander drome, vrese, liefdes, vreugde, pyn en verwagtinge van soveel ander vroue van baie workshops. En omdat dit nie aan jou behoort nie, mag jy dit nie gaan oorvertel nie.

"As jy egter jou gevoelens vir jouself wil hou, daarna wil kyk net om dit weer weg te bêre in die stilte van jou eie wete, is dit ook goed en reg.

"Vir ons eerste les gebruik ons 'n eenvoudige, nederige blommetjie wat die meeste van julle sekerlik goed ken: die swartoog Susan, miskien beter bekend as die black-eyed Susan, wat so hard werk om al die kaal, klipperige, onooglike kolle in die tuin te bedek met haar vrolike maar geharde geel blomme..."

Terwyl hulle werk, is dit die dokter se vrou wat eerste praat:

"Eenmaal, lank gelede, toe ek nog 'n tiener was, het ek 'n regte swartoog Susan geken.

"Sy het so 'n onuitwisbare indruk op my gemaak dat ek haar nou nog duidelik voor my kan sien: kort, klein, cheeky, 'n uithouer en 'n aanhouer wat baie lelike klippe weggesteek het met haar aansteeklike, uitbundige lag en die glinsterende swart oë en lang geel hare wat sy in 'n vlegsel om haar kop gedraai het. Ek kan onthou dat ek dikwels gedink het haar rosekrans is eerder 'n doringkrans as 'n blommekrans. Maar wat ek die beste van haar kan onthou, is hoe sy uiteindelik haar stryd gewen het deur te baklei vir dít waarvoor sy die meeste omgegee het. Kordaat en sonder enige vrees haar man te staan. Of is dit deesdae, vreesloos haar vrou staan?"

Almal lag, maar die deftige gryskop vroutjie wat haarself as tannie Susan voorgestel het, onthou so deur die lag van die pyn en die vernedering van vroustaan en haar onthou is 'n lang paadjie terug in die verlede. En saam met die onthou is daar 'n innige dankbaarheid dat Maria-van-langsaan haar tog nie herken het nie.

Die dokter se vrou skaam haar vir die gelag van die ander en sy wens sy het liewer niks gesê nie. Sy hoop dat black-eyed Suzanna haar nie herken het nie.

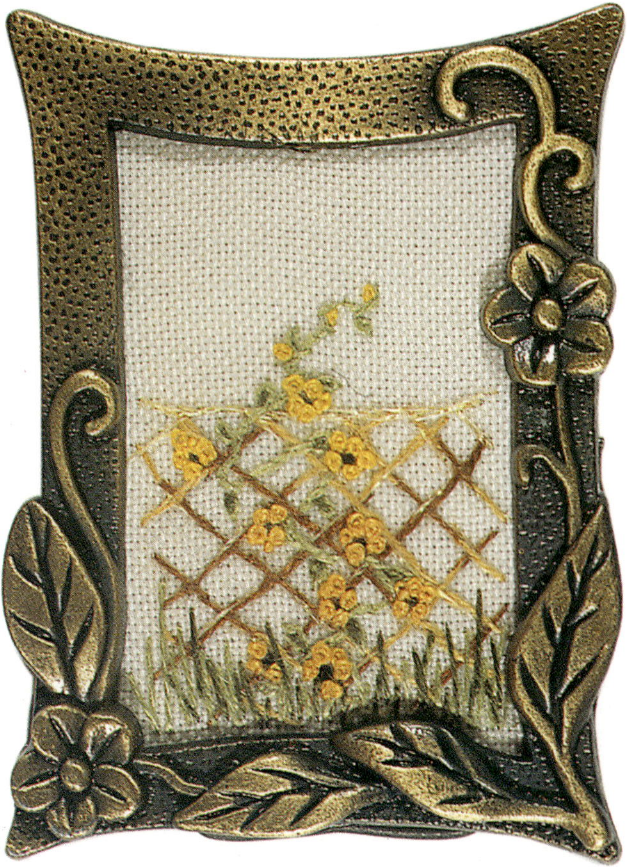

Swartoog Susan

Van daardie heel eerste oomblik toe die vreemdeling met die snaakse Engelse aksent by haar pa se winkel ingekom het, was Susan met die swart oë en die glinsterende geel vlegselkroon smoorverlief. Die jong Ier met die uitbundige lag het toe net in die land aangekom en Afrikaans kon hy glad nie praat of verstaan nie. Lank, met kort rooibruin krulhare, 'n sproetgesig en bruin oë met geel sonvlekkies daarin, was hy elke meisie op die dorp se droomheld. Met hulle eerste kennismaking het Ian O'Brien haar "black-eyed Suzanna" genoem en daar was nooit vir hom 'n ander meisie as sy nie.

Die hofmakery was vurig, intens. Die troudatum was onbehoorlik gou. Almal het met ingehoue asem en skerp oë die bruidjie dopgehou. Dit was egter tydmors, want die jare het gekom en gegaan en die liefde het bly groei en gedy, maar sonder enige teken van 'n klein Ian of 'n klein black-eyed Suzanna. Toe word Ian verplaas en daardie dag toe die twee smoorverliefde jongmense na die groot stad toe moes trek, was daar min droë oë in die dorpie.

Ten spyte van sy black-eyed Suzanna het Ian die kluts in die groot stad skoon kwytgeraak toe hy 'n groepie van sy ou maats uit Dublin raakloop. Die aand na die eerste vreugdevolle ontmoeting het hulle met Susan se wete en goedkeuring die weersiens gaan vier. Gou-gou was die weersienery 'n elke Vrydagaand se saamdrinkery by 'n Ierse vriend se kroeg. Dit was nie die eerste goedgekeurde weersiensvierdery of die eerste goedgekeurde draaimakery wat die moeilikheid veroorsaak het nie. Nee, die eintlike moeilikheid het gekom toe die weersiens en die draaimakery 'n elke Vrydagaandse ongoedgekeurde gewoonte geword het. So het Ian se liefdevolle en sagmoedige black-eyed Suzanna 'n bitsige vrou met 'n tot nog toe ongebruikte vlymskerp tong geword.

Hoe langer die Vrydagaandse draaimakery aangehou het, hoe skerper het Susan se tong geslyp geraak. Toe, een aand, was sy net te kwaad, haar tong net te skerp. Ian het net te veel gedrink. Sy vurige Ierse humeur het handuit geruk en hom sy hand laat lig. Dit was vir albei 'n verskriklike skok. Susan was sprakeloos en Ian was skoon nugter geskrik. Hulle het in mekaar se arms geval en die hele week gekoer en geliefie. Die volgende Vrydagaand het Ian weer te lank gekuier en Susan het weer haar tong geslyp en toe meteens was die gegil en geslaan 'n weeklikse instelling: Ian en sy vriende hou jolyt by Paddy se kroeg en wanneer hy by die huis aangeslinger kom, verander hy sy black-eyed Suzanna in 'n blou-oog Susan. Die tuisgevegte was nooit stille binnegevegte nie. Susan het geskreeu dat sy wie weet waar gehoor kon word. Ian se Keltiese geswets kon tot in Dublin gehoor word. Die houe was hoorbaar, Susan se gegil skerp. Die bure het elke keer in stilte gevrees dat hierdie Vrydagaand, hierdie harde hou, hierdie gil Susan se laaste aand sal aandui. Veral as alles skielik so stil is. Te doodstil. En elke week sien die bure hoe die blou-ooggeslaande Susan geleidelik van Saterdagoggend tot Donderdagaand weer verander in

Ian se geliefde black-eyed Suzanna en hoe die twee soos pasverliefde ringnekduifies koer-koer. Tot Vrydagaand.

Toe, een Saterdagoggend, is dit die finale oomblik van waarheid. Susan gaan staan voor die spieël. Vierkantig bekyk sy haar blou gesig en sy sê hard en duidelik, sodat sy haarself goed kan hoor: "Susan Malherbe, vandag se dag is genoeg, nou net mooi genoeg. Dié soort blou het jou nog nooit gepas nie. Van kolle en klappe toemaak van Saterdag tot Donderdag, het ek nou ook net genoeg gehad, want elke Vrydagaand krap Ian O'Brien weer al die klippe en dorings oop. Al wat nou nog oorbly, is om hierdie verdomde Ier vir wie ek so lief is óf reg óf weg te sien."

Die hele week het sy geneurie en gesing, kos gekook, koek gebak en planne gemaak en oorgemaak om weer te maak. Toe Vrydagoggend aanbreek, het sy Ian tot siens gesoen soos 'n kind wat 'n Kersfeeskous ophang, en ongeduldig begin bid dat hy tog nie vanaand sy gewoonte moet verbreek nie.

Haar hoop het nie beskaam nie en haar gebede is behoorlik verhoor.

Laataand strompel Ian skeef-skeef en propvol selfbejammerende woede al vloekende tot by die deur. Sy het deur die sitkamervenster gekyk hoe hy met die paadjie na die voordeur aangesukkel kom. En sy neurie opgewonde toe sy die deur ooprenk. Haar planne was gemaak en beter uitgewerk as dié van enige veggeneraal.

Susan wag nie eers tot hy behoorlik by die deur is nie, toe begin sy al raas en skel. Ian strompel en struikel by die deur in en skel terug. Die eerste hou val. Ian se vloeke trek deur die buurt. Susan gil en skree. Die houe val harder. Vinniger. Nog nooit was dit so erg nie. Die bure druk hulle ore toe. Vanaand gaan die hou val wat Susan se dood sal kos. Toe hou dit op. Doodstil. Ademloos wag die bure, maar toe niks gebeur nie, begin hulle weer asemhaal. Hulle weet nou al môre vroeg-vroeg sal Ian weer vir Susan 'n bos rose pluk en dan sal die liefde weer hou tot volgende Vrydagaand.

Maar die bure het verkeerd geweet. Vanaand was toe al die tyd dié aand. Susan se aand.

'n Ambulans kom met skreeuende sirenes aangejaag en hou met skuiwende remme voor die O'Briens se huis stil. Die bure wag vir die polisie om vir Ian te kom haal en hulle wonder wie van hulle gaan uiteindelik die moed hê om Susan se ouers te laat weet. En hulle wonder of Ian gehang sal word of net tronkstraf sal kry. Maar toe die ambulansmanne met hulle vrag by die huis uitkom, snak die bure na hulle asem. Saam met die skynbaar lewelose pasiënt klim daar 'n baie lewendige Susan in die ambulans, ten spyte van 'n stukkende lip en ander slaanmerke aan haar gesig.

Die volgende dag het die bure die hele storie gehoor. Een van die ambulansmanne het na Maria, die bure se dogter, gevry. Die nooddienste het glo 'n oproep van 'n vrou ontvang wat gesê het sy dink haar man is dood. Toe hulle by die adres kom, lê 'n bewustelose man in 'n bebloede bed. Langs hom het 'n betraande vrou gekniel met haar een hand op sy pols en, styf vasgeklem in die ander hand, 'n bebloede outydse stoofyster. Sy en die stoofyster is saam in die ambulans hospitaal toe. Geduldig het sy op die stoofyster geleun terwyl die dokter haar man versorg en verbind het. Niemand het haar gevra of hulle iets aan haar gesig kan doen nie, want haar blou-oog en stukkende gesig het gegloei met 'n bo-wêreldse trots en 'n triomfantlike oorwinnaarslig.

So, met die stoofyster vasgeklem in haar hand, het sy die hele nag voor sy bed gewaak en sy black-eyed Suzanna se gesig was die eerste ding wat Ian kon sien toe hy weer sy oë oopmaak.

"My darling sweet Suzanna ... " begin hy moeisaam prewel. Toe tel sy die bebloede stoofyster op en hou dit voor sy oë.

"Ian O'Brien," sê Susan, en die ambulansman vertel die verpleegster het gesê die saalsuster het gesê sy was verstom dat so 'n klein vroutjie so 'n sterk stem kon hê. Die bure was nie verbaas nie. Hulle het mos geweet hoe hard sy elke Vrydagaand aan daardie stem geoefen het.

"Ian O'Brien, sien jy hierdie Afrikaanse stoofyster? Ek en hierdie stoofyster het vir jou in hierdie hospitaalbed gesit. Lig weer jou verdomde Ierse hand vir my, en ek en hierdie stoofyster stuur jou in 'n Afrikaanse houtkis terug Dublin toe. En nou nog 'n ding. Afrikaans is ek gebore en Afrikaans gaan ek dood. Praat nog eenmaal met my in 'n ander taal en dit is ek en jy en hierdie selfde stoofyster."

Ná die eerste naaldwerkklas is tannie Susan eerste by die deur uit. 'n Lang, forsgeboude man met 'n kaal kop staan by die motor vir haar en wag. Toe sy uitkom, omhels hulle mekaar soos jong verliefdes. Teer streel hy met sy groot hande oor haar kort kapsel en in elkeen van die ander vroue se harte flikker 'n jaloerse brandpyn.

"Seker maar 'n tweede huwelik," fluister een.

Toe die motor wegry, vat Ian O'Brien sy gryskop Susan se hand. "Het jy toe darem iets geleer by die workshop?" en sy Afrikaans is suiwer al is die aksent sterk Iers.

Sy kyk op na hom met 'n glinstering in haar swart oë. "Ons het geleer hoe om black-eyed Suzannas te borduur."

Hy maak of hy hewig skrik. Albei lag en sy nestel met haar kop teen sy arm vas. Sy wonder watter blom kan sy borduur om 'n stoofyster voor te stel. Nie dat sy iets daarvan by die workshop sal sê nie. En sy wonder of die miskende tuinblom wat hulle vandag borduur het, ook so genoeglik voel oor klippe wat toegegroei is.

Daardie aand na ete sit Mary-Anne en haar man op die stoep en koffie drink.

"Het jy toe iets geleer vandag?" vra hy.

Mary-Anne kyk na haar man met 'n glinstering in die oog. "Onthou jy lank, lank gelede toe jy 'n ambulansbestuurder was en ek nog op hoërskool, toe het daar 'n Ier en sy Afrikaanse vrou langs ons gewoon…"

Meteens onthou sy die borduurdosent se woorde en sy hou op om te praat. Maar sy mymer oor die dae toe dokter John nog Jônnie was.

Bloureën en eiloof

Die naaldwerkdosente kyk na die kring gesigte om haar en sy voel hoe die onmag in haar opstu. Vir haar is hierdie workshop die moeilikste een wat sy nog aangebied het. Ervaring het haar geleer dat as die vrouens net eers begin gesels, gaan dit goed.

Sy slaap skaars oor hierdie vrouens. As sy net tot hulle kan deurdring en hulle sover kan kry om 'n groep te vorm, om met haar en met mekaar te kommunikeer, om te deel.

Sy weet sy moet bly probeer, maar sy kan nie aan één enkele voorstel of voorbeeld dink wat haar iewers, êrens 'n aanknopingspunt met hierdie geslote gesigte kan gee nie. Nie sonder hulle hulp nie. Omdat frustrasie en spanning haar altyd laat honger en dors voel, onthou sy die kuiers by haar ouma, die koffiedrinkery uit vrolike bont koffiebekers in die groot wit kombuis. Sommer so half terloops deel sy haar herinnering met die swyende klas.

"Ai, hoe lus het ek nou vir koffie en regte outydse soetkoekies met rooibolus. Net my ouma kon sulke soetkoekies bak en net my ma kon moerkoffie presies só maak. En dit laat my dink aan my ma se huis, en my ouma se huis, en klein dingetjies wat ek van ander huise onthou."

Onverwags begin 'n vrou praat, dié een wie se hele liggaamstaal van die begin af 'n afstand geplaas het tussen haar en die groep:

"Ek is 'n alleenmens. Ek was nog altyd 'n alleenmens. Dit is en dit was nog altyd vir my die enigste manier om te oorleef – veral toe ek 'n kind was.

"Skooltoegaan was lekker. Skool was lekker. Leer was lekker. Pouses het ek gehaat, want ek het nooit geweet hoe moet 'n mens maak om iemand anders se maat te wees nie. Huistoegaantyd en naweke en vakansies het ek gehaat. Oor ons huis, sien. Om huis toe te gaan, het beteken om weg te gaan van die skool af, weg van boeke en weg van leer af, maar dit het ook beteken om na my ma toe te gaan.

"Ons huis het altyd suur geruik. Suur van drank en van 'n dronk vrouelyf wat te dikwels vergeet het om te was. Suur van ou kos en bondels ou hondemis en die braaksel van 'n dronk vrou oral in en om die huis. Suur van die haat en die veragting vir haar dronk lyf en suur van die jammerte en die liefde vir haar wat sy voortdurend in my gesig teruggegooi het. Suur van nooit behoort nie.

"Maar toe het ek 'n ander huis ontdek. 'n Huis langs die pad skool toe. Soggens het ek nooit by daardie huis verbygeloop nie, want dit sou te veel tyd neem en ek was altyd so haastig om by die skool te kom. Om te kyk sou die enigste stukkie lekkerte van die middag wegneem. Middae het ek dus 'n ander pad geloop as soggens. Vroegoggend het ek altyd vinnig geloop om weg te kom van die huis af en in die middag het ek vinnig geloop om by daardie huis te kom, maar..."

Die alleenvrou kyk en kyk na die muur, maar dit is 'n kyk sonder om te sien, 'n terugkyk in die verlede in, 'n soeke na dinge wat verby is, na dinge wat nooit was nie, nooit kon wees nie. 'n Vergeefse soektog na 'n droom. Toe sy weer begin praat, is haar oë nog steeds daar ver in die verlede, maar dis nie meer 'n dig toegetrekte gordyn nie. Haar oë word skielik vol dartelende sonlig, vol begeertes, wense, drome, oë wat kindjonk reeds te veel huil beleef het. Die stem is jonk, lig, vol nuanses van opgewondenheid, drome.

"Die huis was groot en wit. Dit was 'n hoë dubbelverdieping agter 'n wit muur, te hoog om oor te loer. Gelukkig was daar 'n hek. 'n Groot smeedysterhek met gedraaide patrone. Alles was skoon. Niks was vuil nie en deur die hek kon ek hierdie skoon ruik. Die muur was wit, maar nie heeltemal spierwit nie. Ek onthou dit die graagste in die vroeglente, wanneer trosse en trosse wisteriablomme soos 'n persblou waterval die muur bedek het met hulle hemelkleur.

"En agter die hek en die hoë muur was 'n ander wêreld. 'n Wêreld om te begeer, om oor te droom, iets om aan vas te hou. Deur die hek kon ek altyd die groot groen grasperke met die hoë bome sien en die hoë wit mure van die groot huis wat net so kol-kol groen-wit van die eiloof se blare was.

"Behalwe die boeke en leer by die skool, was dit vir my die lekkerste van elke dag om in die middag voor daardie hek te gaan staan en om te loer na daardie klein stukkie volmaaktheid, na die hemel wat agter die pikswart ystertraliehek en die wit wisteriamuur gelê het. Elke middag moes ek stry en baklei teen die begeerte om iets wild te doen en deur daardie ysterhek te kom. Ek wou so graag net eenmaal voel hoe dit in die hemel sou wees!

"Die lekkerste loerdae was wanneer die tuin nie heeltemal doodstil was nie. Partymaal het 'n klein, maer dogtertjie met pikswart hare op 'n swaai in my droomtuin gesit. Ek wou haar roep, haar vra om my toe te laat om net eenmaal hoog op te swaai, om net eenmaal saam met haar in haar paradys hoog en nog hoër te swaai tot so amper-amper by die wolke. Ek moes stry teen die impuls om haar te soebat om asseblief tog my maat te wees al is my ma wat sy is. Maar die eensaamheid wat my ma en ons vuil huis en tuin veroorsaak het, het my telkemale weerhou.

"Die droom van daardie paradys het altyd deel van my gebly en al het ek hoe hard geleer, hoe hard gewerk, hoe hard probeer, het ek nie my droom verwesenlik nie. Ek is nou al by my middeljare verby!

"Ek het getrou en ek het kinders, maar nie een van hulle het ooit die volmaakte stille tevredenheid uitgestraal van daardie dogtertjie in die huis met die eiloof en die trosse wisteria teen die wit mure nie. In geen tuin kon ek die rus en vrede van daardie een skep nie. Al het ek hoe hard probeer, kon ek dit nooit regkry om vir myself en my kinders die vreedsaamheid, die rus en stilte, die geluk van daardie hemel agter die muur met die wisterias te gee nie."

En toe, nog voordat dit weer kon stil raak, begin die senuagtige kettingroker praat, die vrou met die doodgekleurde blonde hare en die harde gesig. Haar stem is skor van ingehoue emosie.

"Lank, lank gelede het ek en my ma en my pa in 'n groot dubbelverdiepinghuis gewoon met eiloof kol-kol teen die mure. Dit was net ons drie: ek en my ma en my pa. Die groot huis was te klein vir meer mense.

"Die tuin was ook groot, baie groot. My ma en pa het nie van tuinwerk en bont massas blomme gehou nie en daarom was daar net grasperke en hoë immergroen bome. En 'n swaai. 'n Boomskoppelmaai.

"Om hierdie dooie groen tuin was 'n muur spierwit soos die huis. 'n Hoë tronkmuur met 'n pikswart tronkhek. Hierdie muur het baie rusies tussen my pa en die buurman veroorsaak. Die bure het teen hulle muur wisterias geplant en die jaar toe ons in Mauritius gaan vakansie hou het, het die bure se bloureën ook oor ons muur gerank. Elke jaar as die bloureën op die grasperk begin mors het met persblou blomme, het my pa met die buurman gaan baklei. Selfs toe die buurman wat die wisteria geplant het al weg was, was die blomme van die bloureën nog steeds vir my pa 'n rede om met die bure te baklei en daarom het hy nooit die tuinier toegelaat om die bloureën af te sny nie.

"My kamer se mure was ook wit. Eintlik was alles in my kamer spierwit. Ek mag nooit op my bed gesit het soos ander kinders nie, want my ma het gesê ek sal die wit beddegoed vuilmaak en ek kon nooit verstaan waarom sy niks gesê het as my pa my spierwit beddegoed bemors nie.

"Ons huis het altyd na lugverfrisser geruik – na dié een met die eau de cologne-geur. Veral my kamer. Elke oggend het my ma in my kamerdeur gestaan asof sy te bang was om te diep in te gaan en met die blik lugverfrisser het sy my kamer gespuit en gespuit en gespuit totdat die blik leeg is. Miskien wou sy die reuk van my pa doodspuit. Tot vandag nog haat ek die reuk van eau de cologne en is spierwit vir my die kleur van die dood.

"Maar die lekkerste was die kere wanneer ek in die middag op die swaai gesit het. Dan het ek al hoër en hoër geswaai totdat ek ver kon uitkyk oor my tronkmuur, weggesteek onder die trosse bloureënblomme. Omdat ek bang was vir my huis, het ek nie maats by die skool gehad nie, maar ek het tog 'n maat by die huis gehad al was ek nie toegelaat om maats huis toe te bring nie. Hierdie maat was my beste, beste vriendin.

"Ons was nie in dieselfde skool nie en daarom het ek elke middag vir haar gewag om die straat af te hop scotch tot by ons swart ystertronkhek. Haar hare was lank en rooibruin en haar oë was net so blou soos die wisteria wat oor my tronkmuur geblom het. Elke middag wou ek vir haar waai, met haar gaan praat, maar sy was so ver. Sy was so vry en ongebonde daar buite aan die regte kant van die tronkmuur. Party dae as ek in die bed moes bly, omdat ek nie kon loop nie oor my pa en die dinge van die swart nag, het ek altyd voor die venster gaan staan om vir haar te wag as dit tyd is dat sy van die skool af moet kom. Sy was mos my enigste maat, my beste vriendin. Al het ek nooit haar naam geken nie, was haar naam Geluk. Al wat ek begeer het, al wat ek ooit regtig vir myself sou wou gehad het, was om so vry en gelukkig te mag wees soos Geluk met die wisteria-oë daar buite die bloureënmure. Net iemand wat inderdaad gelukkig en vry is, kan met soveel vreugde hop scotch.

"Toe is my pa dood en ek en my ma was veral bly oor die nagte. Maar ons was ook bly omdat ons na 'n woonstel sonder 'n tronkmuur kon trek. Ek het nooit weer my beste vriendin gesien nie, maar ek het bly soek. Na die vreugde en vryheid was sy uitgestraal het, het ek deur al die baie eensame jare bly soek en soek en soek.

"Ek het nooit getrou of kinders van my eie gehad nie. Ek wou nie en ek sal nooit 'n man in my lewe toelaat nie. Mans word pa's. Hulle hou dogtertjies soos voëls in 'n kou in 'n groen tuin sonder kleur, agter 'n tronkmuur weggesteek onder welige bloureënblomme en met 'n swart ysterhek waardeur dogtertjies wat soms moeilik loop, nie kan wegvlug nie."

Dit is lank stil. Die naaldwerkdosente voel sy moet praat, maar sy weet nie wat om te sê nie.

Toe staan die alleenmens op. Sy steek haar hand uit na die vrou met die doodgekleurde wit hare en sy sê: "Ek weet van 'n koffieplekkie waar 'n mens die heerlikste appeltert kry met of sonder room. En dan kan jy saam met my na my huis toe gaan om my man te red, want hy en ons dogters is besig om die tuin reg te kry vir die lente. Hy snoei bome en hulle help hom met die wegdra van die dooie takke en blare."

Die naaldwerkdosente kyk verwonderd na die wisselspel op die alleenvrou se gesig. Die wisteriablou oë wil-wil oorloop van die ingehoue huil, maar die ken is gelig en die skouers is vierkantig.

Die vrou met die doodwit hare staan vinnig uit haar stoel op, sy gooi die halfgerookte sigaret weg en bondel die borduurlap in haar mandjie. "Ek het lankal lus vir appeltert met of sonder room. Dink jy ek kan ook in die tuin help? Ek wou nog altyd leer bome snoei en hoe om dooie takke en blare weg te dra."

Die naalwerkdosente slaak 'n sug van verligting. Sy sê dankie vir die herinnering aan haar ouma se soetkoekies en sommer ook vir haar ma se moerkoffie. En vir huise.

Sy het gedink hy slaap al, toe vra haar man: "Hoe gaan dit met die workshop?"

En sy antwoord: "Vandag het ek die gelykenis van die saaier ervaar."

Pansies

Tussen die stekies deur het die stories daarna vanself gekom. Soos die een van die pansies.

Die Viljees het ses seuns gehad. Groot. Sterk. Voorryspelers van die dag van hulle geboorte af. Eters sonder fiemies en allergieë en allerhande sulke goeters. Nie een was nou juis uitsonderlik slim nie, maar leer kon hulle wel en hulle man kon hulle staan. Van siektes en dokters en die fynere kunste van die lewe het hulle min geweet, want siek het hulle nie geword nie en buitendien stel net pansies belang in kuns en toneelspelery en sulke bybierige goeters.

Maar hoe groter en sterker die seuns geword het en hoe trotser sy op haar halfdosyn was, hoe sterker het die begeerte in Petronella Viljee se hart gebrand om 'n dogter te hê. Sy het drome gedroom oor hoe sy en haar dogtertjie saam op die gras onder die groot koelteboom sou sit en handwerkies doen en vroumensdinge praat. As sy die knope aan die sterk kakiehemde werk, verbeel sy haar dit is mooi bont rokkies vol valletjies en kantjies waarmee sy besig is. Maar toe sy dink nou is haar tyd vir kinders en 'n dogtertjie behoorlik verby en dit is die menopouse wat aangebreek het, toe is die menopousesimptome al die tyd 'n laatlammetjie wat aan die kom is. Petronella was in die sewende hemel, want sy het geweet haar gebede en haar wense is verhoor en hierdie sewende kind gaan haar dogter wees.

Van die begin af was hierdie swangerskap heeltemal anders as enige van die vorige ses. Petronella

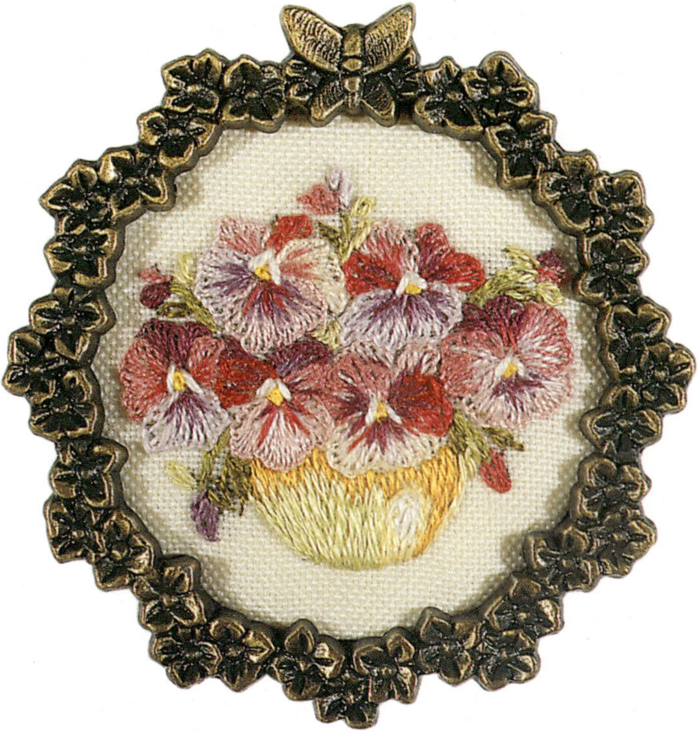

Viljee het 'n naarheid leer ken soos sy nie geweet het moontlik kan wees nie. Die siektes en die ellendes en die medisynebottels het opgehoop. Koos en die span van ses het om haar gekloek en baie meer gepla as wat hulle gehelp het, maar in haar hart het dit gejubel en gejuig, want elke liewe dingetjie wat anders verloop het as die vorige halfdosyn kere, het net haar oortuiging versterk dat dit hierdie keer 'n dogtertjie gaan wees. Moet wees. Sal wees. Die dokter het haar probeer voorberei vir nog 'n seun en hy het allerhande toetse voorgestel, maar Petronella het geweier om vir 'n sonarondersoek of wat ook al te gaan.

In plaas daarvan om soos elke ander keer presies op die dag, datum en uur kraamhospitaal toe te gaan, begin die krampe en pyne sommer 'n hele twee weke vroeër as wat sy en die dokter verwag het. Dogters is altyd haastiger van natuur as seuns, weet sy.

Koos het haar met 'n beswaarde hart hospitaal toe geneem, want hy het getwyfel aan sy eie vermoë om 'n dogter te verwek. Hy het egter nie die moed gehad om iets te sê nie, want die tas wat sy so beskermend tussen haar geswolle enkels vasgeknyp het, was propvol pienk goetertjies met frilletjies en valletjies.

Hy het allerhande planne probeer uitdink om nie daar te wees as die baba gebore word nie. Omdat hy by elkeen van sy ses seuns se geboorte teenwoordig was, het sy daarop aangedring dat hy ook daar is as haar dogter gebore word. Toe die baba begin skreeu en Petronella se gesig triomfantlik begin gloei, toe huil Koos vir die heel eerste keer in sy lewe. Hy het weer eens gefaal. Hy het gruwelooslik gefaal.

Die ergste was toe Petronella met klein, sieklike, allergiese Pietertjie by die huis aankom, want die halfdosyn het hom net een kyk gekyk en toe soos in 'n koor uitgekreun: "Heigent hert, Ma, ons dog ons het 'n reserwe vir die span bygekry en nou is dit 'n blienking pansie."

Pietertjie het sukkel-sukkel groot geword, geklee in sy pienk goetertjies, want Petronella het geweier om haar goeie handwerk tot niet te laat gaan. Koos en sy halfdosyn het stil geraak en die tuin was daardie jaar mooier as ooit, want met vurk en graaf het Koos se span al hulle bekommernis en hulle frustrasies oor hulle reserwelid wat hulle ma so in pienk frilletjies en valletjies grootmaak, in die tuin uitgewoed. En groot het hy geword so in sy pienk frilletjies en valletjies – al was dit nou ook hoe stadig en met hoeke gesukkel en gekerm.

Dis 'n kwarteeu later en hulle is almal by die huis. Voltallig. Net Pietertjie kort, soos gewoonlik op 'n Saterdag. Ses groot manne met mooi vol vrouens en groot seuns. Geen kleindogters vir Petronella nie. Almal aartjies na hul vaartjies en hulle oupa.

Groot en klein sit vasgenael voor die tiewie. Die name van die rugbyspan wat vanjaar die All Blacks gaan kafloop, word gelees. Die Viljees raak al stiller en stiller.

"...en die kaptein is..." en die aankondiger swyg 'n oomblik dramaties. "Die kaptein is Pieter Viljee, kunsdosent aan die plaaslike universiteit!" Die proppe klap in die Viljees se huis. Almal praat en lag gelyktydig en niemand neem vir Petronella kwalik dat sy snik soos sy huil nie. Almal weet mos hoe sy voel oor haar jongste.

Dit is net Kleinkoos, die oudste van Petronella se halfdosyn en een, wat niks sê nie. Hy sê niks, maar hy onthou, en sy onthou is vyf en twintig jaar lank. Hy sien 'n lomp borselkoptiener met 'n groot bak gesiggies wat hy gekoop het met geld vir koeldrankbottels. Hy sien hoe die amperman ongemaklik voor sy ma met die pienk kleintjie op die skoot staan. En dis of hy nou en hier hoor hoe die jong seun met 'n stem wat nog op onmoontlike tye breek, met sy ma praat wat sukkel om 'n kermende pienkaangetrekte babatjie met die bottel te voed:

"Ma, omdat Ma nou so lief is vir pansies, is hier vir Ma 'n hele boks vol pansies. Maar wragtag, Ma, hou nou 'seblief op om die hele huis in die skande te steek net oor Ma so lief is vir blienkieng pansies. As Ma so graag kleintjies in pienk wil aantrek, belowe ek nou en hier vir Ma dat ek sommer ses dogters sal hê en ek belowe ook nog vir Ma dat hulle elke Sondag as ons kom kuier, net pienk goeters sal dra."

Kleinkoos kyk na sy ses seuns en hy glimlag trots. Mooi, groot, forsgeboude seuns soos hulle oupa, hulle pa en hulle ooms. Hy glimlag ook omdat hy weet dat nie een van hulle ooit by hom sal hoor waarom hulle Sondae as hulle by Ouma en Oupa Viljee kuier, altyd hulle pienk taais moet dra nie. Toe sien hy hoe sy ma na hom kyk so deur haar trane oor Pietertjie. Meteens weet hy dat sy weet waarom sy spannetjie daar sit, elkeen met 'n pienk taai om die nek. Skielik moet hy self knip-knip, want hy sien in sy ma se oë dat haar trane nie vir Pietertjie bedoel is nie, maar dat hulle eintlik sy trane is, sy betaling met rente vir 'n boks vol pansies.

En hy wonder of hulle nie maar nog 'n keer moet traai nie. Dalk is dit hierdie keer 'n dogter. 'n Kleindogter vir Petronella Viljee.

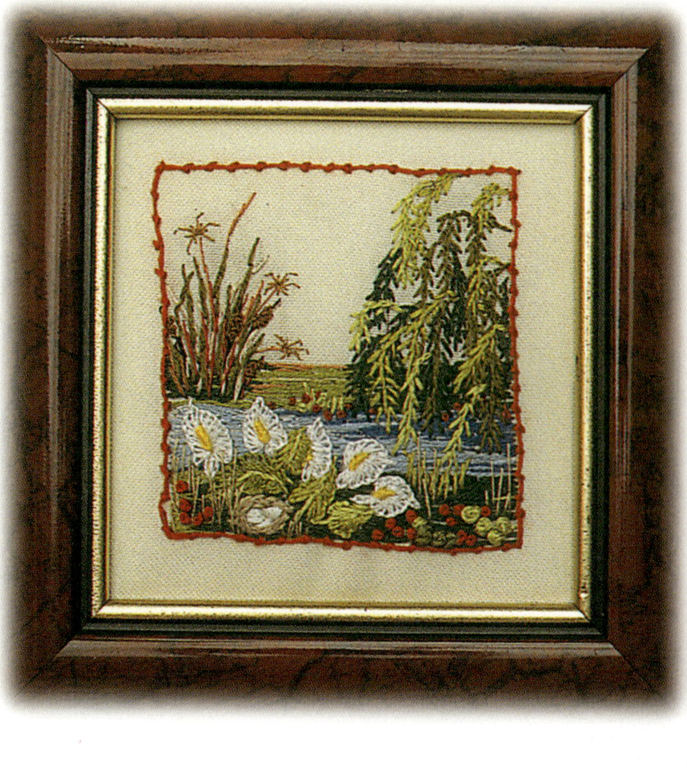

Tussen die biesies en die varkore

Brits is die mooiste distrik in die hele land, het Oupa geglo. Gaan ons Suidkus toe vir die wintervakansie en ons kom terug oor die nek daar by die Hartebeespoortdam en Brits met sy waterkanale en rooidakhuise lê voor ons in die sagte grys lig van die sonsondergang, dan hoor jy hoe die verlange, die liefde en die bewondering sommerso vlak in Oupa se stem lê: "Oos, wes, Brits bes!"

In die somer is die Britswêreld blougroen van die twak en swaar van die hittegloede en die vrees vir haelbuie. Maar in die winter dans die teer groen koringhalms soos lenige ballerinas op die turflanderye en die lemoene en nartjies hang soos goudgeel partytjiebalonne aan die donkergroen sitrusbome.

En as die trein hier twintig oor vyf in die oggend wegtrek Potchefstroom toe en jy sukkel om die tasse vol klere en boeke en die blikke vol beskuit en koekies wat saam trek, ordelik in die treingang te pak, wonder jy hoe jy dit gaan regkry om vir 'n hele kwartaal daar in die koue, plat Wes-Transvaal uit te hou. Brits lê so tussen die berge, oor die berge. Behoorlike berg- en doringboomwêreld.

Brits en sy mense is dieselfde – nooit plat nie, nooit vervelig nie. Net so op en af as wat die Britspaaie loop, net so is sy mense ook – baie op en bietjie af.

Vakansie op Brits begin as die trein kwart oor agt die aand by die stasie insukkel en Oupa staan op die perron, lank, lenig, statig in sy kakieklere. As ons in die bakkie klim, ruik jy al klaar die varsgebakte aartappelsuurdeegbrood, vars plaasbotter met die effense renssmaak en tuisgekookte appelkooskonfyt. En die blou koffiekannetjie met moerkoffie wat prut-prut op die Aga.

Maar die lekkerste is Sondag by die kerk, want dan begin die groot gekuier en die uitvraery oor die weersiniteit daar op Potjiestroom, oor die nodigheid of die onnodigheid om meisiemenskinders te laat leer en sommer oor die sônige dinge wat die stoedente so tydig en ontydig tog kan aanvang. En jy lag 'n lekker-krylag oor die opregte nuuskierigheid en jy vertel met groot woorde en baie stertjies van studentepret en al die lief en leed van die kwartaal wat verby is. En diegene wat jy nie by die kerk sien nie, word in die week na jou tuiskoms besoek, veral tant Elsie. Sy en haar oorle' man was van die heel eerste nedersetters wat hulle op Brits gevestig het. Na haar man se dood het sy in haar huisie aangebly en haar een seun het vir hom en sy vrou 'n ander deftige nuwe huis gebou en met die twakboerdery aangegaan.

Dis die eerste oggend van die vakansie en ek luister na lopende kommentaar oor alles wat gedurende die afgelope kwartaal gebeur het. "Ag," sê Ouma. "Die arme Elsie word ook vinnig oud. Sy wil altyd alles van jou weet. Ons kan gerus vanmiddag vir so 'n heen-en-weertjie by haar gaan kuier."

Ons kom by tant Elsie en sy het sommer 'n hele ent kleiner geword. Haar vel is deurskynend wit, maar die hare is nog pikswart en die knopvingers hekel nog steeds sonder ophou, maar nou met die spoed van 'n 1920 Fordjie: sukkel-sukkel, proes-proes.

"Wee' jy, Sofia-kind," sê sy vir Ouma. "Die mense van vedag gaan gou dood, want hulle eet so verkeerd. Oorle' oom Jan het altyd gesê: 'Drie maal op een dag moet die lyf twostroke kry: goeie kos en sterk moerkoffie.' En van die dag dat ek en oorle' oom Jan getroud is, was ons brekfis altyd dieselle: slap mieliepap met bruinsuiker en 'n hoogvol eetlepel botter, 'n gekookte eier wat nog daardie oggend uit die nes gehaal is en twee snye brood.

"Noudat oorle' oom Jan oorle' is, hou ek maar by die eetgewoontes van al die jare, want die oorle' oom sou dit so wou hê. Die moeilikheid is dat onse Kleinjan en sy vrou nou net Lekhoringhoenders aanhou en so moes ek toe van my werfhoenders ontslae raak, maar ek het darem twee hennetjies vir my brekfiseiers uitgehou.

"Maar ag, Sofia-kind, toe loop alles verkeerd. My twee hennetjies lê net nie meer nie en onse Kleinjan se vrou se Lekhoringhoenders is nog te jonk om te lê. En die winkel se eiers kook nie mooi nie. So by die vierde dag toe kan my maag net nie meer die skraal brekfis uitstaan nie en ek besluit om te gaan soek waar die ellendige werfhenne weglê, want so eierloos kan geen werfhoender wees nie.

"Ek soek en ek soek en ek kry eers niks nie. Haai, Sofia-kind, en daar is ek toe so geseënd, want by die damwal sommerso tussen die biesies en die varkore, daar kry ek toe die bruin hennetjie op 'n hele nes vol eiers. Eers wou ek vir Kleinjan of sy vrou roep om vir my die eiers uit te haal, maar toe besluit ek om sommer self so op my hurke af te sak en my eie werfhoenders se eiers uit te haal en 'n ordentlike brekfis te gaan maak.

"Genade, Sofia-kind, ek sak toe so versigtig op my hurke af so tussen die biesies met hulle skerp steek en die varkore so vol in die blom. En toe ek so afsak, toe hoor ek hoe my knieë so kraak-kraak van die ouderdom se remetieklikheid, maar ek tel die werfhoenderhennetjie versigtig van haar weglênes af en ek maak my voorskoot so 'n bak om die eiers in te pak. Maar vervies so 'n ellendige suinige bruin weglêhennetjie haar tog vir my en sy storm my en sy storm sommer so onder my rok in en daar raak sy benoud en sy spring en sy krap en sy kekkel dat 'n mens dit tot doer onder in Beestekraal kan hoor.

"Maar, Sofia-kind, ek sê vir jou. Sommer daar by die damwal so tussen die biesies en die varkore vol in die blom en met my voorskoot vol van die weglêhen se eiers en met die benouderige hennetjie so onder my rok en tussen my bene en goeters, net daar bid ek toe 'n dankie-sê dat die oggendluggie dié tyd van die jaar maar ylerig is. En ek bid 'n behoorlike dankie-sê oor die gelukkie dat die luggie daardie oggend ekstra skralerig was toe ek opgestaan het, want die yl luggie het toe mos gesôre dat ek my bloemer aangetrek het. Ek sê vir jou Sofia-kind, ek het darem eers vir die Liewen Heretjie ekskuus gevra dat ek nou so onbehoorlik op my hurke op die damwal sit en bid, maar die behoefte was te groot om sommer dadelik vir hom dankie te sê dat dit nie nou middelsomer is nie. Want, jy sien Sofia-kind, al is die oorle' oom nou ook oorle', sou dit darem maar groot skade gewees het daar op die damwal by die weglêhennejie se nes as ek sommer sonder my bloemer op my hurke gaan sit het."

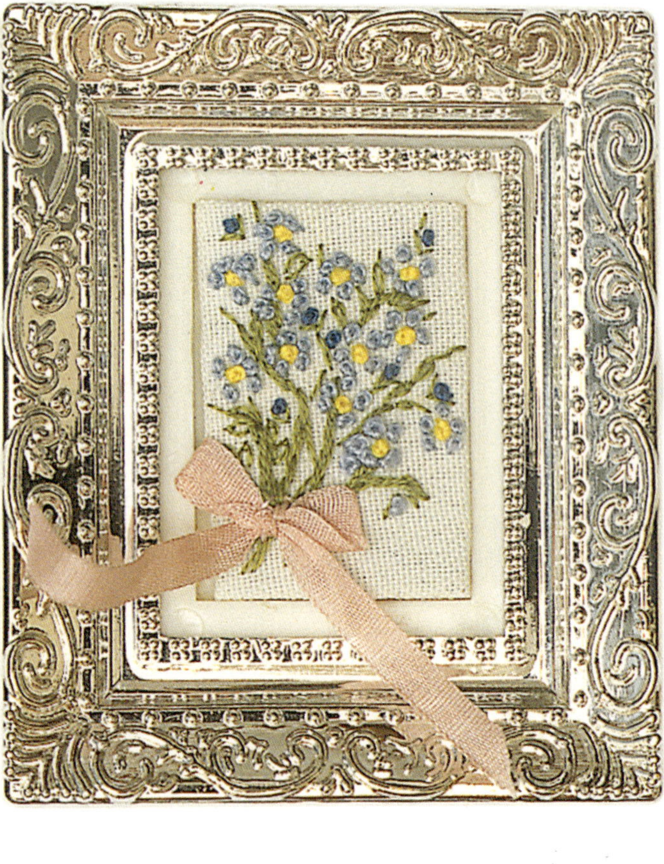

Vergeet-my-nietjies

Twee en dertig jaar se getroude lewe word in kartondose gepak. Hierdie is myne, daardie is syne, dis hierdie kind s'n, dis die welsyn s'n en daardie is sommer weggooigoed.

Dis nie wêreldsgoed wat gepak word nie. Dit is 'n diskriminerende, intimiderende, inkriminerende pakkery van drie dekades en 'n katspoegie se vrouwees, mawees, menswees. Hartseer, vreugde, verwagtinge, teleurstellings word verdeel tussen die magdom kartondose wat die vloer vol staan. En soos die pakkery vorder, word die hartseer oorvloedig meer en die vrees vir 'n onbekende toekoms is 'n lyfkous wat te klein is, 'n outydse baleinkorset wat die ingewande ineendruk en dooddruk. Ek is skielik huisloos, ankerloos. Aan die ander kant is daar darem baie waarvan ek heeltemal te veel het: my lyf, my woede, my onvermoë om te verstaan waarom gebeur het wat gebeur het.

Ek en Lina met die meelewende swart oë pak en pak en ons praat min. Die gemeensaamheid van saam werk vou troostend om my. Ek wonder hoeveel van my hartseer, my vernederings, my magtelose woede het sy deur die jare gesien en ervaar, want Lina met die okervel en die nagswart oë is nie my kombuishulp nie, sy is my vriendin. Sy is die een wat uiteindelik gesê het: "Ek sien jou swaarkry. Ek bid vir jou in die kerk en sommer hier by die huis ook. Moenie so baie huil dat jy nie die Here sien nie."

Ons twee se paadjies sal met groot moeite en hartseer skei, maar die verstaan, die gemeensaamheid, die vriendskap sal saam met ons gaan, deel van ons menswees bly. Dit laat my hart sing. En ek sê vir myself: "My goodness gracious, my hart kry sowaar weer iets om oor te sing."

"Waar gaan jy nou jou huis maak?" vra Lina. "Jy moet net nie by die kinders gaan bly. Wie gaan jou wasgoed stryk? Jy weet jy stryk maar sleg. As jy 'n ander huis gekry het, moet jy vir my foun, dat ek kan kom en weer na jou kan kyk."

Ek antwoord nie, want my woorde het verlore geraak so met alles wat die pakkery veroorsaak het. Ek vee met my mou oor my oë en my neus. Ek knik net my kop, sodat sy darem kan weet ek het gehoor en dat ek luister al antwoord ek nie, want ek en sy weet maar te goed dat ek nie geld sal hê om haar te betaal nie, selfs al foun sy my ook.

Maar soos altyd laat Lina haar nie afsit deur my swye as sy lus het om te gesels nie. "Toe Moses vir my pa en my ma sê hy wil vir my lobola betaal, was my ma baie kwaad. 'Lina,' het sy gesê, 'Lina jy weet jou pa is 'n wliksem. Jy weet hoe moes ek en jy en Anna alleen-alleen sukkel om huis te bou. Onthou jy nog hoe het ons drie vroumense gesukkel om die dak op te kry terwyl jou pa vol bier op die gras onder die boom gelê het en al wat hy kon doen, was om vir ons te vloek? Jy weet jou pa het nog altyd al my geld gevat en hy vat al julle geld ook en hy gaan elke keer alles by Sallie se sjebeen uitsuip en vloek en slaan ons dan. Ek het altyd gedink jy is my slim kind wat goed met die kop en die hande kan werk, maar ek sien jy het dom gebly en nooit slim geword nie, want jy het heeltemal vergeet van die swaarkry van ons drie vroumense, want nou wil jy saam met Moses gaan huis bou en gaan kinders maak. Los die trouery. Al die mans is eners. Al die mans wat met hulle voete loop hier op die grond van die Heretjie se aarde, is sommer net 'n klomp wliksems.'

"Maar Mies weet, ek het nie vir my ma geglo nie. Ek het mos goed geweet my ma is verkeerd, want ek het gedink dit is net my pa wat 'n wliksem is. Ek het geweet en geglo Moses is 'n goeie mens. Ek het geweet Moses sal goed vir my en vir ons kinders sorg. Ek het geglo Moses sal vir my en vir ons kinders met sy eie hande 'n mooi huis bou, want hy het mos vir my geblo' hy sal dit doen. En my hart het vir my gesê Moses sal nie soos my pa wees nie, want hy het geweet hoe baie ek saam met my ma gehuil het oor my pa se slegtigheid. Maar niks werk soos dit moet nie, want 'n man se kop en sy tong en sy hart loop drie anderste paaie en die een weet nie waar die ander een loop of hoe die ander een loop nie. My ma was toe al die tyd reg en ek was al die tyd verkeerd.

"In die begin was Moses 'n goeie man gewees, maar toe word hy ook so stadiggies 'n wliksem. Nou is hy nie net so 'n wliksem soos my pa nie. Hy is 'n groter wliksem as my pa, want Mies sien, my pa is my ma se wliksem, maar Moses is my wliksem en daarom is dit net ek wat weet hoe 'n groot wliksem hy regtig is. Niks van al die dinge wat hy vir my geblo' het, het hy gedoen nie. My kinders, hulle sal nooit weet hoe 'n groot wliksem hulle se pa is nie, want hy het net vir my geblo'. Vir hulle het hy nooit niks geblo' nie."

Terwyl Lina praat, begin sy om vir klein Ntuli te borsvoed. Toe die voordeurklokkie lui, moet ek self die deur gaan oopmaak.

Voor my staan 'n vreemde man. Vreemd in meer opsig as een. Hy is in swart geklee en sy baadjie is so iets tussen 'n outydse manel en 'n baadjie wat vir die wis en die onwis net-net te groot gekoop is. Sy swart hoed is groot en styf. Maar dan sien ek die oë, blou soos die vergeet-my-nietjies langs die agterdeur. Oë wat weet hoe om te lag, maar wat huil ook ken. Op die neus rus 'n klein ronde brilletjie en 'n grys sout-en-peperbaard bedek sy ken en wange.

"Sjalôm," groet hy. "My name, it izz ze rabbi Moshe ben-Cohen. Me, I liff tree houzez up zere," en hy beduie met sy kop. "Me, my finger it izz sore. Ze lady next door from I, she zez you are ze doctor. Me, I come to you because dêr is too many blood. You fix my finger?" en ek weet nie of die laaste sin 'n vraag of 'n bevel is nie. Ek vervies my dadelik. Dit is nou weer sweerlik Saartjie wat my 'n streep probeer trek. Ongeduldig wil ek beduie dat ek nie so 'n soort dokter is nie, maar hy hou sy hand na my toe uit en ek sien sy linkerhandse middelvinger is styf toegedraai met toiletpapier en ek kan sien hoe die bloed deur die papier syfer.

Vies vir Saartjie en sommer vir die treurige mansgeslag in die algemeen, maar terselfdertyd dik van die lag, omdat Lina my nou net vertel het hoe 'n wliksem haar Moses is en hier staan 'n Moses met 'n seer vinger voor my, nooi ek rabbi Moshe in om na sy vinger te kyk al is ek nie die regte soort dokter nie. Terwyl ek die vinger ontsmet en behoorlik verbind, praat my vreemde besoeker in 'n stil en rustige stem aaneen oor allerhande dinge behalwe oor hoe hy sy vinger beseer het. Hy vertel dat hy die nuwe rabbi van die plaaslike Joodse sinagoge is, dat hy twee weke vantevore vir die eerste keer in Suid-Afrika gearriveer het en dat hy 'n wewenaar is sonder enige kinders. Albei sy kinders is gedurende die talle Joods-Arabiese oorloë op die slagveld dood en sy vrou, sê hy, sy vrou se hart kon nie al die hartseer verwerk nie.

"Hmf!" dink ek. "En wat van my hart? Omdat haar hart nie wou hou nie, nou moet ek sit met haar man se bloederige vinger." Maar ek sê niks, versorg sy vinger, bied hom koffie aan as soenoffer vir my ongeduld en opstandigheid. Hy drink die een koppie koffie na die ander terwyl hy aaneen vertel van sy eie land, van sy ervarings in ander lande, van oorloë en van verskillende soorte afskeid, van hartseer en van die lus en die geen lus om weer en weer te moet begin. Toe hy uiteindelik niks meer het om oor te praat nie, groet hy en hy is al amper by die straathekkie toe hy omdraai en vra of hy weer die volgende dag mag kom en of ek weer na sy vinger sal kyk indien dit nodig sou wees.

Moshe se vinger het 'n ewigheid geneem om te genees. Hoe langer sy vinger geneem het om gesond te word, hoe meer het hy gepraat en hoe beter het ek sy geradbraakte Engels verstaan. Ek het selfs geleer om vir sy eienaardige grappe te lag. Met seer vinger en al het hy my gehelp om gevestig te raak in my nuwe blyplek en toe het hy gereeld gekom om te hoor of daar nie iets is waarmee hy kan help nie. Natuurlik as vergoeding vir sy vinger wat ek so goed versorg het, het hy my oor en oor verseker.

Intussen leer ek onbewus al meer en meer van die Joodse godsdiens, van hulle lewensfilosofie, van wat kosjerkosmaak beteken, van ou Joodse tradisies, legendes, gewoontes en al hul baie swaarkry. En hoe meer ons kuier en gesels, hoe blouer word Moshe se oë en stadig maar seker begin ek my bekommer dat ons gesels dalk op die een of ander moment sal opraak.

Toe gebeur dit. Moshe staan vroeg een oggend voor my deur en sy bril sit voor sy oë en nie op sy neus nie en sy oë is grys met geen teken van blou nie, maar in sy hande is 'n groot bos blou vergeet-my-nietjies.

"Wat is verkeerd? Is jy siek? Het jy slegte nuus ontvang?"

Hy kom in en druk die blomme in my hande en met sy rug druk hy die deur toe. Hy sit sy hande op my skouers en hy trek my en die blomme styf teen hom vas. Ek wil eers sê hy moet oppas, want hy kneus die blomme, maar die vashou is lekker en lank staan ons so en ek wens dit wil nooit ophou nie.

"Me, I hef just heard. Me, I hef to go back to my land, to Jerusalaim. Me, I can no longer say goodbye. No more, no more I can say goodbye to a woman I lof," en ek sien hoe die trane uit sy oë, oor sy wange loop en in die sout-en-peperbaard verdwyn. "You come wif me?" en dit klink soos 'n kind wat vra vir 'n stokkiesroomys.

Ek het klaar uitgepak. Alles hang waar dit veronderstel is om te hang. Voor die groot ronde venster wat uitkyk op die Klaagmuur van Jerusalem sit ek by die eettafel en ek skryf 'n brief:

Liewe Lina

Ek verlang na jou en na klein Ntuli en na my eie kinders, maar nie na die ou huis en die ou lewe nie. Jy het altyd vir my vertel hoe 'n groot wliksem Moses is, maar Lina, nie alle mans is wliksems nie. Daar is partymaal 'n Moses wat nie 'n wliksem is nie soos my Moses.

Die mense hier is nog vreemd en ek verstaan nie altyd hulle gewoontes en maniere so mooi nie, maar hulle is goed vir my. Hulle manier van kerk verstaan ek ook nog nie so mooi nie, maar ek sal seker nog leer. Ons huis is eintlik 'n woonstel, maar hier noem hulle dit 'n huis, want my Moses sê dit maak nie saak hoe of waar jy bly nie, want waar die liefde is, is jou huis.

Lina, ek stuur vir jou 'n geldjie. Ek wil hê jy moet 'n pakkie blomsaad gaan koop. Vergeet-my-nietjie-saad. Plant dit by jou kamerdeur, sodat jy altyd kan onthou dat iewers, êrens is daar 'n man wat nie 'n wliksem is nie en as jy eendag daardie man kry, moenie bang wees om saam met hom te gaan nie – selfs al is dit na die anderkant van die wêreld.

Nog voordat ek klaar geskryf het, hoor ek die deur oopgaan en ek weet dit is Moshe wat terugkom van sy diens in die sinagoge. Ek draai om en daar staan hy, die man met die blou oë, die klein brilletjie op die neus, die sout-en-peperbaard en in sy hande het hy weer 'n groot bos vergeet-my-nietjies.

"Look," sê hy. "Look wife of my heart wat I hef found for you. Flowers just like the day you promised to come wif me to my Jerusalaim."

En met my gesig styf teen sy bebaarde wang, daar in ons huis naby die Klaagmuur van Jerusalem, bid ek my jubelgebed oor die liefde wat so laat, maar tog so betyds in my lewe gekom het. Ek smeek-bid met my wang styf vasgedruk teen sy rasperbaard dat ek die geleentheid gegun sal word om vir 'n baie lang tyd die liefde en die vreugde van my Moses te mag ervaar. Maar my gebed is ook dat kinders nooit die ware aard van die wliksems in die lewe sal verstaan nie.

Hy sê: "Why you cry?" en toe lag ek so deur die trane, want my huil is mos nie regtig huil nie. Dit is maar die blou vergeet-my-nietjies wat so met my werk.

Kosmos

Ouma is Ouma. Daar is niemand anders soos sy nie en daar kan ook nie iemand anders soos sy wees nie. Sy het ons almal leer lag. Sy het ons almal leer huil. Sy het vir ons almal heeltemal te veel dinge geleer, is haar skoonseun se geliefkoosde uitspraak, al word dit altyd met heelwat meer as net die nodige piëteit en ontsag geuiter. Ouma sal altyd wees, selfs al is sy nie meer met ons nie.

"As dit iewers, êrens hier binne in jou te droog en dor raak," het sy altyd gesê as iemand die groot huil het. "As daar 'n plekkie is wat te droog raak hier diep binne in jou, dan is huil nodig. So, huil maar, kind, want as daardie plekkie genoeg trane kry, groei en bloei dit weer hier diep binne in jou en dan moet jy net sien hoeke mooi blomme kom tevoorskyn."

Maar Ouma het ook allerhande snaakse en rare idees en gedagtes. Soos toe daar gedurende die standerdsewe-jaar 'n vakkeuse gemaak moes word.

"Ek wil geskiedenis neem," verklaar ek met geesdrif. Pa vul die vorm in, maar dit is net omdat hy die mooiste handskrif van ons almal het. Hy lig die pen om met mooi, duidelik leesbare letters 'Geskiedenis' te skryf toe Ouma snork:

"Gmff! Dis sommer net tydmors. Indoktrinasie! Goedkoop breinspoeling." Boet lê soos hy lag, want hy hoor "dreinspoeling."

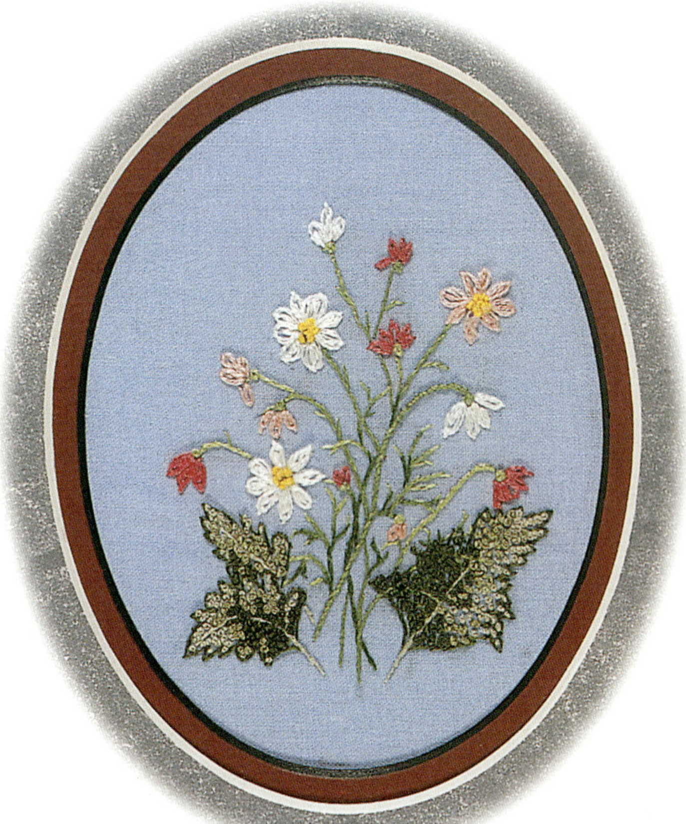

"Ouma!" My verontwaardiging is eg. Ma stuur dadelik die jonger kinders kamer toe. Teen hierdie tyd ken en vrees sy Ouma se kontroversies, want uit ervaring weet sy hoe ons dit met oorgawe kan gebruik en misbruik as ons net die geleentheid gegun word.

"Moenie vir my Ouma nie," kom dit toe ook sonder asemskep. "Kyk nou maar net wat daardie stukkie stoepit geskiedenis van Rageltjie de Beer aan die Afrikaanse vrou gedoen het. Dit het ons vernietig, ons platgeslaan, ons …"

"Maaa!!" Ma se stem is vol rooi waarskuwingsligte.

"Stil, kind, wat weet jy? Dis daardie einste, seimste stukkie stoepit geskiedenis wat maak dat die vrouens van ons land so baie en so heeltemal onnodiglik moet huil. En wee' julle wat? Alles van daardie hele stuk stoepit geskiedenis is 'n mansmens se skuld." Het ek vergeet om te vertel dat Ouma ook sommer terselfdertyd die heel eerste rasegte feminis was wat ek ooit teegekom het?

Pa is die een wat in Ouma se slagyster trap.

"Nou hoe bedoel Ma nou? Of praat Ma van 'n ander Ragel de Beer as die dapper meisietjie aan wie ek dink?"

Dit was al wat Ouma nodig gehad het om haar nou behoorlik aan die gang te sit.

"Kyk," begin sy met heeltemal te veel genoegdoening. "Die ding loop nou so: die twee kinders se pa het tog sekerlik oge in sy kop gehad en as hy 'n boer was, moes hy tog ook die verstand gehad het om te weet wat die weer in die Drakensberge maak. Maar wat maak die ellendige selfsugte bees van 'n mansmens? Hy stuur twee onbeholpe kinders om na sy blessitse beeste te gaan soek. En wat my die kwaadste van alles maak, is dat die kinders se ma toe blykbaar aan stilstuipe gely het, want in g'n geskiedenisboek lees ons iets van haar segge en doene nie. Sy laat so wraggies die vent toe om haar twee eige kinders die berge in te stuur agter 'n spul beeste aan."

Ma skud net haar kop en Pa het so 'n bekommerde trek tussen sy oë, want hy weet nie of hy dalk op 'n manier sy skoonma te na gekom het dat sy hom nou weer wil bykom nie. Nie dat dit hom te veel pla nie, want hy en Ouma het altyd so 'n soort van 'n verstaan tussen hulle.

Hoe meer Ouma vir ons jongklomp die geskiedenisfeite in die regte perspektief stel, sodat ons presies kan weet hoe dit eintlik gelees behoort te word om behoorlik verstaan te word, des te meer geniet sy haar eie weergawe.

"So, die ma was by moeg verby van al die swaarkry so sonder outomatiese wasmasjiene en skottelgoedwassers en poliesjers en 'n man wie se bek sekerlik te groot vir sy lyf en sy verstand was en daarom speel sy toe maar hou-den-bek.

"Nou, die Rageltjie de Beer vat toe haar boetie se hand en hulle gaan loop en soek die weggeloopte beeste, maar voordat hulle die blessitse goeters kon kry, trek die mis in al die klowe, rante, dale van die Drakensberge en daar begin dit te sneeu. Klein Rageltjie se boetie het seker teen daardie tyd al gekerm net soos 'n kat oor 'n derm en die arme meisiekind het sekerlik heeltemal deurmekaar geraak van die mis en goeters en die manlike gekerm. Toe sien sy 'n ou termietnes. Sy grawe toe 'n gat groot genoeg vir die boetie om in te pas. As sy net die moeite wou doen om die ellendige gat groter te grawe, sodat sy ook daarin kon pas, sou niemand nodig gehad het om hierdie onnodige geskiedenis te leer nie.

"Sy laat die boetie toe in die gat lê en sy gaan lê voor die gat om die koue uit te hou, maar toe begin die klein blikskottel nog meer te kerm en om sy gekerm te laat ophou, trek die onnosel meisiekind haar klere uit, gee dit vir hom en sy gaan lê met haar kaal lyf voor die gat.

"Wat gebeur toe? Die klein kermgat bly aan die lewe en die stoepit meisiekind met die kaal lyf gaan staat en verkluim.

"Toe dink die mans dit is nou presies net soos alle vrouens behoort te maak: hou-den-bek en verkluim morsdood sonder 'n draad klere aan die lyf voor die gat in die termietnes in plaas daarvan dat sy met haar eie klere aan haar eie lyf saam met haar boetie in die gat gaan lê het, want dan kon hulle al twee aan die lewe gebly het. Van hierdie stoepit meisiekind word daar toe 'n amper-god gemaak en al wat vrou is wat leef en beef in hierdie land van ons, dink van toe af en sommer nog al die tyd tot vandag toe ook dit is hulle Godgegewe plig om ter wille van 'n blessitse man in stilte te verkluim.

"Nou, laat ek vir julle meisiekinners iets vertel. Enige vroumens wat so 'n stoepit ding doen, verdien om te verkluim. Maar enige man wat van so 'n stoepit storie geskiedenis maak, verdien om aan sy nek opgehys te word totdat hy heeltemal morsdood is. Geskiedenis! Gmff!!!"

"Maar, Ma, weet Ma wat gebeur elke jaar presies net daar op daardie plek waar die twee arme kinders aan hulle einde gekom het?" vra Pa met so 'n stout trek om sy mond.

"Wat?" vra Ouma en ons wat haar so goed ken, kan sien sy vertrou nie die vrede heeltemal nie. En net daar, vir die heel eerste keer in haar geskiedenis, trap sy in 'n slagyster wat net vir haar gestel is.

"Ma weet mos van die rooi papawers van Vlaandere? Nou ja, elke jaar so teen ongeveer dieselfde tyd en presies op die plek waar die arme Rageltjie de Beer dood is, gaan die bergvarings aan die groei en die kosmos blom en bloei. Tog te pragtig, vertel almal wat dit al gesien het."

"Haai, kind, ek het dit so wrinties nie geweet nie. Jy kan my gerus 'n keer neem om daarna te gaan kyk."

"Haai, Pa," val Kleinsus in Pa se nonsies. "Hoekom jok Pa nou so? Kosmos het mos eers lank na Rageltjie de Beer hier beland!"

So het Pa dit toe reggekry om vir die eerste keer in hulle twee se geskiedenis daarin te slaag om ons tot nog toe onoorwonne ouma ore aan te sit. Selfs vandag nog kan ek die bitterheid van haar vernedering in my mond proe. Nie een van ons en nie eers Pa self, was hoegenaamd bly of trots op sy oorwinning nie. In Ouma se woorde, dit was nou regtig die stoepitse blessitse ding wat enige skoonseun kon dink om aan te vang.

Darem jammer dat juis mense soos Ouma, dié wat die kuns bemeester het om voluit te lewe, heeltemal te gou doodgaan.

Malvas en magrietjies

'n Vrou soos ta' Meraai sterf mos nie, al sou sy ook eendag moet doodgaan.

Ofskoon sy weet te vertel ons is haar gunstelingfamilie, vrees ons almal ta' Meraai besoeke. Dit is nou nie omdat ons nie van haar hou nie. Die probleem is ta' Meraai se vertellery. En ta' Meraai kán vertel. Nie gesels nie. Sy vertel. Daarby leef ta' Meraai ook nog van en vir die opspraakwekkende. Hoe opspraakwekkender, hoe grieseliger, hoe bloediger, hoe bonatuurliker, hoe beter.

Haar beker van geluk het behoorlik oorgeloop toe hulle plaaslike burgemeester een goeie aand toe hy by een of ander geleentheid 'n toespraak gelewer het, sommer so tussen 'n punt en 'n komma 'n hartaanval kry en net daar sterf. "Kinders," het ta' Meraai in haar brief geskryf. "Die arme oorle' man was nog besig om sy spiets te spiets so met sy regterhand in die lug en die maaikroufoontjie vasgeklem in sy linkerhand, en net daar syg hy toe op die konsertsaal se platform inmekaar, sommerso soos 'n konsertina met lugleë longe."

Hierdie keer het ta' Meraai dit oor die bonatuurlike. Op hulle dorp het 'n nuwe ding sy kop uitgesteek toe 'n nuwe inwoner by die plaaslike ouetehuis ingetrek het.

"Siene, kind, siene. Elke aand daar in die splinternuwe Bets Viljee se kamer, hou ons siene."

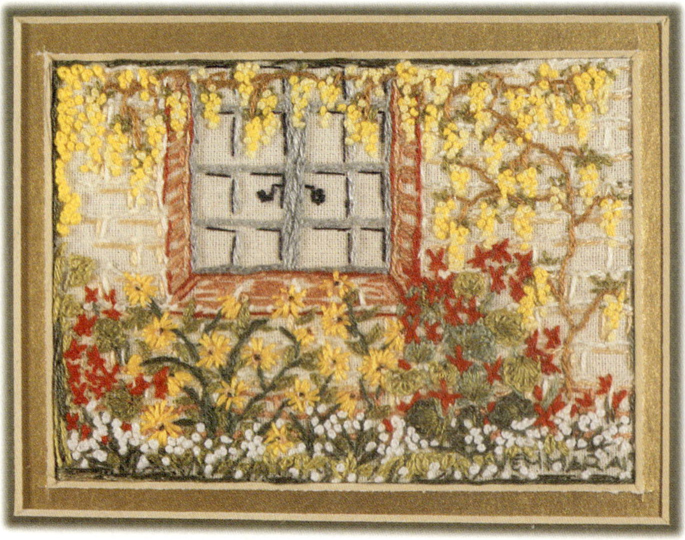

Dit neem nogal lank voordat jy ta' Meraai se manier van praat behoorlik onder die knie en in die kop het. So leer jy mettertyd dat die Bets Viljee nie 'n nuwe soort mens is nie, maar dat sy eintlik 'n nuwe inwoner van die ouetehuis is. Ons het nog langer gesukkel om uit te werk wat die "siene" is waarvan ta' Meraai so baie praat. Toe tref dit vir Ousus: "Sceance!" roep sy triomfantlik uit. "Ta' Meraai-hulle hou sceances en die Bets Viljee is seker 'n medium of so iets."

"My genade!" is al wat die res van ons soos 'n goed afgerigte koor kon uitkry.

"Maar kyk," verduidelik ta' Meraai. "Hierdie hele besigheid van die siene is mos glad nie iets vreemds in ons familie nie, al het ons dit nou nie eintlik siene genoem nie. Die oudste suster van my oorle' ma was mos met die helmet gebore, so as sy vir jou sê sy het 'n ding gesien kom dan moet jy maar weet daardie ding gaan kom. So seker as wat twee maal twee vier maak, gaan daai ding kom.

"Nou moet julle weet, hierdie met die helmet-geborentheid is oorerflik, want my Chrissie het dieselle gawe. Ja-nee, kind, sy het dieselle gawe, want sy is mos ook net so met die helmet gebore, al was dit nou nie eigentlik so 'n vreslike helmet waarmee sy gearriveer het nie. En as my Chrissie vir jou sê nou is dit tyd om 'n ding te doen of om 'n ding te los, dan kan jy maar luister, want reg is sy altyd reg. En geeste en gesigte sien? Vreeslik, sê ek vir julle, net te vreeslik en almal is altyd ewe waar en reg en punt in die suidewind."

Ons sit op die stoep en tee drink. Ek wil-wil net lag vir ta' Meraai se uitdrukkings en haar beduiery en gesigtrekkery, toe sien ek my jongste se bangerige gesiggie en veral hoe benoud sy oor haar skouers loer. Ek hou toe maar my gesig ernstig-reguit.

"Kyk," gaan ta' Meraai aan. "Soos ek sê, hierdie ding loop in families. Ek mag nou miskien nie self met die helmet gebore wees nie, maar ek sien ook dinge en gesigte. Dis nie al nie. Nou die aand in 'n droom toe hoor ek 'n stem wat vir my sê presies van daardie minuut af gaan ek 'n beskermgees hê wat my gaan oppas vir solank as wat ek leef en nog sommer daar anderkant ook en op hierdie manier sal daar net mooi nooit weer niks met my kan verkeerd loop nie. Nou sê ek vir julle 'n ding wat nie 'n lieg is nie, van daardie minuut en sekonde af sien ek my beskermgees sommer tydiglik en ontydiglik, maar veral tydiglik."

"Haai, tante, maar is dit regtig moontlik om so 'n buitewêreldse gees te sien?" vra ek terwyl ek op my tande byt om nie te skater van die lag nie.

"Kyk, kind," sê ta' Meraai. "Moenie ligtelik oor hierie dinge praat nie. Kyk, daar staan sy nou," en sy beduie met haar ken so in 'n algemene rigting. "Kan jy haar nie sien nie? Daar staan sy reg tussen die malvas en die magrietjies, daar reg in lyn met die agterste gedeelte van Kleinsus se stoel. Haai, kyk nou net daar hoe pragtig sien ek haar vandag. Kan julle haar sien? Kyk, sy is lank, groot van gebeendere en haar klere wys sommer vir jou sy is nie sommer so 'n gees nie. Dit lyk mos al vir my of sy 'n non of so iets goeds moes gewees het in haar eerste lewe. Kyk! Daar kom sy nou nader. Kyk nou net daar! Reg langs Kleinsus se stoel staan sy nou."

Kleinsus gee 'n gilletjie, val half vorentoe uit haar stoel, spring op en laat spaander by die deur uit. Boet sit haar agterna, maar nie voordat ek die ondeunde trek op sy gesig gesien het nie. Ek hoor hoe sy gil en hoe Boet bulder van die lag. Toe ek in die kombuis kom, sit Kleinsus en Bernard die hond onder die tafel en ek kan nie eintlik mooi uitmaak waar die een begin en die ander eindig nie.

Ons sit om die etenstafel. Kleinsus sê: "Wil iemand nie asseblief vir my 'n glas water gaan haal nie?"

"Wat is met jou verkeerd?" vra Ousus. "Gaan haal self vir jou water."

Kleinsus kyk oor haar skouer en bly sit. Ons weet almal sy is bang vir ta' Meraai se non wat nie een van ons die middag kon sien nie. Onwillekeurig trek ek my skouers op, want ek voel 'n yskoue luggie (of is dit 'n non-asempie) in my nek. Ek ruk soos ek skrik toe die voordeurklokkie lui. Ousus spring op om eerste by die deur uit te kom, maar Boet is haar een voor. Ons hoor 'n gil en nog 'n gil en 'n stormloop in die gang en toe hulle by die eetkamer inkom, is dit nie op hulle voete nie, maar op hulle sitvlakke.

Boet beduie net met sy kop op 'n stram nek so in die algemene rigting van die voordeur. Ek bly sit, want my bene is jellie en Kleinsus het onder die tafel verdwyn. Pa se mond hang halfpad oop, maar ta' Meraai gaan aan met eet asof niks gebeur het nie. Langs haar mond is daar net 'n spiertjie wat los en vat, los en vat. En as die spiertjie vat, kou sy kliphard. Pa kom eerste by. Hy klap sy kake toe en stap doelgerig en met buitengewone swaar tred voordeur toe. Toe hy terugkom, sien ek hoe die lagplooie om sy oë rimpel en in sy een mondhoek trek-trek dit so. Toe hy gaan sit, is sy gesig egter uitdrukkingloos.

"Wie was dit?" en my stem klink so half hees.

"O," en Pa klink so half ongeërg. "Dit was sommer 'n vrou met so 'n snaakse nonnerige gewaad. Sy het eintlik net gekom om vir tant Marietjie 'n boodskap te gee."

"Vir my?" en ek weet nie of die onnatuurlike elektriese lig my allerhande dinge laat sien nie, maar ta' Meraai se gesig is so 'n snaakse askleur. Daar het sommer iets met haar stem ook gebeur, want sy klink heeltemal kortasem.

"Ja," sê Pa nog steeds net so ongeërg. "Sy sê al die geeste wat so voortdurend opgeroep word, het vir tant Marietjie baie dringend nodig by die siene in Bets Viljee se kamer. Hulle het glo 'n boodskap vir almal wat deel het aan hierdie siene en die enigste een wat hierdie boodskap kan uitsaai, is tant Marietjie."

Ek luister met ongeloof na my man se woorde toe dit my meteens tref: dit klink mos heeltemal te goed om waar te kan wees.

"En het sy miskien gesê wat die boodskap is?" vra ek onskuldig.

"Ja-nee," en Pa sug. "Ja-nee, hard en duidelik het sy gesê wat sy gekom het om te sê."

"Nou my aarde, Adderjan, spoeg die boodskap uit, spoeg dit uit!" beveel ta' Meraai. "Moenie lat ek nou hier op hoedspelle en houtspykers sit nie. Spoeg dit uit!"

Pa sug beswaard en toe sug hy nog 'n keer net so beswaard. "Wel, sien tant Marietjie, die ding staan nou so. Sy sê ek moet sê sy is en sy is ook nie tant Marietjie se beskermgees nie. Eintlik is sy glo die boodskappergees van die onderwêreld."

Ek loer-loer in ta' Meraai se rigting. Sy is nie meer askleurig nie, maar sommer doodsbleek en haar adamsappel hop op en af.

"En sy sê ook," gaan Pa aan. "Sy sê ook die klomp geeste sê hulle is nou moeg oortyd gewerk met al die baie siene wat daar in Bets Viljee se kamer gehou word. Sy sê dit moet nou end kry of hulle sal verplig wees om iets daaromtrent te doen. O ja, en sy sê ook nog verder, tant Marietjie moet tog asseblief vanaand die kamervenster oop los, want dié tyd van die jaar is dit maar koud daar buite op die stoep so tussen die malvas en die magrietjies."

Toe ons in die bed lê, vra ek: "En wie was dit toe by die deur?"

"Iemand van die Heilsleër wat geld en ou klere bymekaarmaak vir hulle welsynswerk."

Vroeg-vroeg die volgende oggend kom maak Boet ons wakker. "Ma! Pa! Kom gou-gou! Dis nou behoorlik soos ta Meraai sal sê, 'n saait for sôr aaiz!"

Ta' Meraai se kamervenster staan wawyd oop. Van haar is daar geen teken nie, maar netjies toegemaak in haar bed, lê een van Kleinsus se poppe.

"Nou wat... waar...?" Ek is sprakeloos en Pa het ook nie woorde nie.

Met 'n ondeunde trek op sy gesig, beduie Boet in die rigting van die badkamer. In die bad, styf toegerol in die verekombers waarsonder sy nêrens gaan nie, lê ta' Meraai.

"Kind," fluister sy vir Pa toe sy ons gewaar. "Kind, gaan foun tog gou die treine en hoor of hulle nie sommer vandag nog vir my 'n plekkie terug het nie. Ek het so 'n gevoelentheidjie dat ek maar so gou as dienlik die geestelike boodskappie van gisteraand by die ander moet kry. Netnou is daar groot moeilikheid as hulle aanhou met siene hou en ek soek tog nie moeilikheid met die geeste nie al is party van hulle nou ook oorle' nonne."

Daardie selfde middag is ta' Meraai toe weg om die ander deelnemers van die siene te gaan waarsku. Tydiglik te gaan waarsku. Toe ons terugkom van die stasie af, kry ons vir Boet en Kleinsus druk besig in die tuin.

"Nou wat op aarde...?" en toe bars Pa hardop uit van die lag.

Kleinsus is so besig met die hark en Boet is so besig om goed met die tuinvurk in die kruiwa te laai, dat nie een van die twee die motor hoor stilhou nie.

"Ag, genadetjies tog!" kreun ek van die lag. In die tuin is daar geen spoor oor van my pragtige malvas en magrietjies nie! Ek wil sommer deur die motorvenster begin raas, maar gelukkig bly ek betyds stil. Al wat hulle tog doen, is inderdaad net om voorsorg te tref teen onwelkome besoeke van oorle' nonne.

Sonneblomme en rose

"Niemand kan blomme borduur sonder om vroeër of later aan 'n roos te werk nie," sê die dosente. "'n Mens kan jou beswaarlik 'n meer gewilde blom voorstel."

"Wat van sonneblomme?" vra ek en dink terug. "Daar is in my tuin altyd reuse sonneblomme."

Sonder dat ek wou, begin die storie ontvou, nog voordat ek die derde roosblaartjie uitgewerk het.

Die dag het begin soos elke ander dag van die week: met 'n gesukkel om die kinders en hul pa uit die bed te kry. Dis net so 'n gesukkel om vir elkeen die ontbyt te gee wat hy of sy glo hulle deur die dag sal help. Dit is 'n nog groter gesukkel om al die honde uit die huis te kry, 'n gesukkel om deur die verkeer te vleg en betyds by die werk te kom. Uiteindelik! Die stilte en die vrede van 'n eie kantoor, 'n eie lessenaar, iemand wat vir jou 'n koppie tee aandra, die bekende werksomstandighede, die vreugde om hier in die stilte te weet dat ten spyte van al die gesukkel elke oggend, jy deel uitmaak van 'n eie warm kring, van 'n gesin, van 'n man wat te veel en te laat werk, maar wie se warm rug altyd 'n gevoel van veiligheid gee as jy in die donker teen hom vasnestel.

Toe kom die telefoonoproep soos alle slegte nuus: onverwags, ontydig, onnodig.

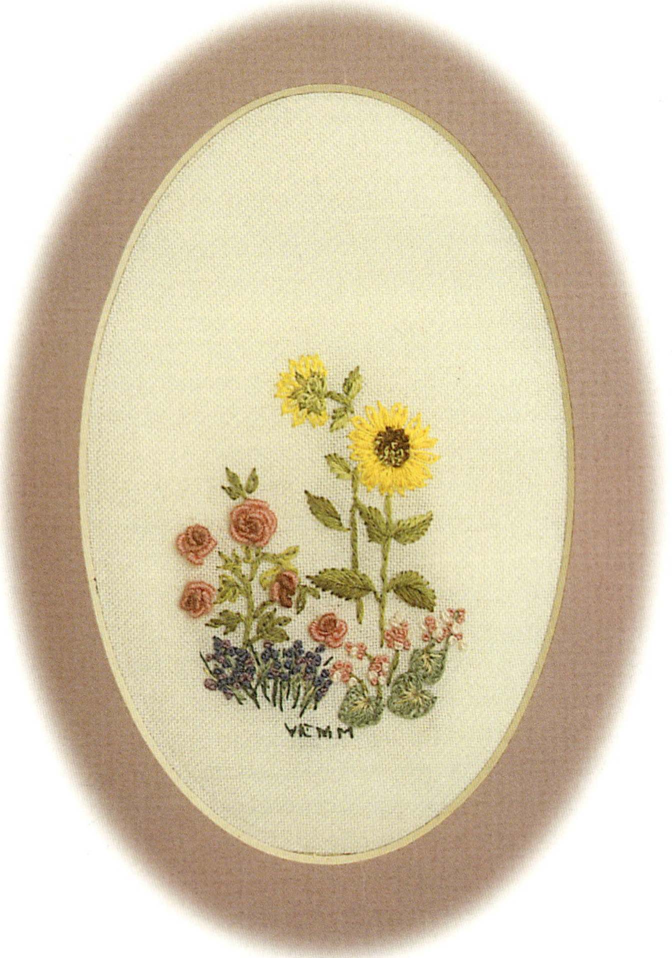
VEMM

Niksvermoedend beantwoord ek die telefoon. "Rita Ferreira, goeiemôre. Kan ek u help?"

Daardie oggend nog was ons 'n hegte gesin. Nou lag 'n koel stem venynig-spottend in my oor en sê: "Is dit so? Maar as dit so is, is u daarvan bewus dat u man en sy sekretaresse al vir meer as twee jaar 'n verhouding het? 'n Intieme verhouding?"

"Met wie wil u praat?" vra ek, maar ek weet met 'n dodelike sekerheid en groot simpatie en deernis in my hart dat hierdie koel, venynige stem ongetwyfeld met die Ford-vroutjie in my departement wil praat. Daar is nie een van ons wat nie vir haar jammer voel nie, want ons weet almal hoe 'n rondloper en 'n rondvryer haar man is. En dan het die arme dingetjie nog vier kinders waarvan die oudste maar in standerd 1 is. Dadelik begin ek planne maak hoe ek hierdie keer die arme kind kan bystaan, haar las kan ligter maak, van haar werk sal doen totdat dinge weer vir haar min of meer normaal is. En ek wens ek het die moed om vir haar te sê om van die slegte vent te skei.

Die stem lag weer saggies, spottend, bejammerend, maar daar is tog ook 'n toon van intense lekkerkry. "Ek praat met die regte persoon," en ek hoor hoe word die telefoon aan die ander kant neergesit. Verdwaas sit ek na die gehoorbuis in my hand en kyk. Ek soek na die almanak. Elke 1 April word ek deur iemand iewers, êrens vir die gek gehou en elke keer laat ek my vang. Maar dit is nie 1 April nie. Dit is 11 Junie. Buite waai 'n koue winterswind en binne in my word dit al hoe kouer en kouer.

Ek slingerstap na die direkteur se kantoor toe. Ek pleit 'n migraine-aanval en ek gaan huis toe. Maar my kar wil nie die pad huis toe kry nie en toe ek weer sien, hou ek voor sy kantoor stil.

Die stemme word stil toe sy ontvangsdames my sien, maar ek loop soos 'n slaapwandelaar by hulle verby sonder om te groet, sonder om hulle raak te sien. My man se kantoordeur is toe, maar dit keer my nie. Ek maak die deur oop sonder om te klop. Hulle sit intiem-naby mekaar terwyl hy wat vanoggend nog my geliefde man was, besig is om 'n brief te dikteer. Saam kyk hulle op na my toe en ek weet hulle sien 'n witgesig middeljarige vrou, maar ek sien iets meer. Ek sien 'n man wat eens my bruidegom was en 'n vrou: jonk, mooi en aantreklik tussen wie 'n band van begrip, agting, van meeleef lê. Ek sien die verbasing in hulle oë, die skok, die skuldgevoelens, maar ek voel nie. Ek weet die pyn sal nog kom, my omvou en oorspoel, maar nou moet ek eers praat.

Vanaand is die kinders muisstil aan tafel. Die gewone gestry en geterg bly agterweë. Ek sien die onbegrip in hulle oë, die vrae, die pyn. Waarom sou hulle ma in die spaarkamer ingetrek het? Ons groot bed was dan nog deur al die jare die familiebed gewees. Die bed waarheen siek en bang kinders in die nag weggeloop het. Dit hoort mos nie so dat 'n ma en 'n pa elkeen 'n eie kamer het nie. 'n Ma en 'n pa deel mos 'n kamer, hulle hoort mos saam in een kamer, in een bed. Net kinders het hulle eie kamers. Pa praat nie en ek kan nie praat nie. Hy sit strakgesig en eet en ek sien die kos het vanaand vir hom geen smaak nie.

Kleinsus bring die Bybel vir huisgodsdiens. Pa steek sy hand uit, maar ek neem die Bybel by haar en ek maak dit oop by Genesis en met 'n stem hees van ingehoue trane, woede en vernedering lees ek vir ons gesin die verhaal van Lea en Ragel en Jakob. En toe ek klaar gelees het, sê ek vir almal wat wil luister, maar in die besonder vir my seun met die groot pyn in sy grysgroen oë.

"En al was Lea nie so skoon van gestalte en so mooi van aansien as Ragel nie en al het Jakob vir Ragel en nie vir Lea liefgehad nie, tog was Lea die moeder van Jakob se kinders en omdat hy hulle vader was, was hy baie lief vir die kinders van Lea." Ek kyk my kinders in die oë en ek wil hê hulle moet my glo en ek wil hulle dwing om te bly glo hulle pa is vir hulle lief al is hy nie meer vir hulle ma lief nie, maar ek weet dat ek tot die dag van my dood die pyn in Boet se oë sal onthou. Meteens verstaan ek so baie dinge en toe weet ek ook dat hy al lank van sy pa se dinge weet. Ek is dankbaar dat hy nooit die moed gehad het om vir my te sê nie.

Sonder 'n woord, sonder om soos altyd eers te bid, stoot Pa net sy stoel agteruit en ons hoor hoe die voordeur agter hom toeslaan en toe hoor ons hoe sy motor wegtrek. En nie een van die kinders vra waarom hy nie gebid het nie of waarheen hy op pad is nie, want hulle weet sonder dat ek gesê het. En Boet se oë lyk soos 'n poel water in 'n bos, 'n poel wat nooit die son sien nie.

Dit is al amper opstaantyd as hy die spaarkamer se deur oopstoot.

"Slaap jy?"

Ek wil antwoord, maar ek kan nie. Daarom skud ek net my kop al weet ek die kamer is te donker vir hom om iets te sien. Maar hy ken my so goed en hy kom kniel voor die bed.

"Ons het besluit. Dit is die beste as sy liewer weggaan, ver weggaan, sodat daar geen versoeking meer kan wees nie. Ek is so jammer ons het jou so seergemaak. Ons het aanvanklik baie daarteen gestry, maar ons kon nie vir altyd van ons gevoelens wegvlug nie. Maar jy moet ook weet ons albei respekteer jou te veel om jou nog meer seer te maak. As dit nie so was nie, sou dit so maklik gewees het om sommer saam weg te gaan."

Ek huil, maar dit is sonder geluid en sonder snikke en die trane loop stil en ongehinderd in die kussingsloop in. Ek steek my hand na hom toe uit, nie omdat ek bly is dat hy ter wille van sy respek vir my besluit het om te bly nie, maar omdat ek bly is dat hy sy kinders so lief het dat daar nie vir hom 'n keuse was nie. Hy vou my hand in sy twee groot hande toe en toe dit lig word, hou ons nog steeds hande vas.

Ek sit en werk voor die rekenaar in my studeerkamer. Die huis het stil geword die afgelope tyd, al probeer almal ook hoe hard om te wees soos ons eens was: 'n luidrugtige, bakleierige, liefdevolle familie. Boet kom so stil in die studeerkamer in dat ek eers van hom bewus raak toe hy sy twee seningrige seunsarms om my skouers slaan, my styf teen hom vasdruk en so 'n skewerige soen op my wang plant.

"Dankie," fluister hy hier in my oor en sy stem breek nog meer as gewoonlik. "Dankie dat Mamma bereid is om ter wille van ons drie Lea te wees, maar weet net een ding: vir my is daar geen mooier vrou op hierdie aarde as Mamma nie."

Net so stil as wat hy gekom het, net so stil beweeg die lang seunslyf by die vertrek uit. Ek vee sy trane van my oor af, want ek het nie meer trane oor nie. Dan bid ek en my gebed sê dankie vir 'n seun vir wie ek Ragel-mooi is en wie se mamma ek is en vir 'n man wat bereid was om sy Ragel op te offer ter wille van sy Lea-vrou en haar kinders.

Tog bly die gevoel van verlatenheid, want net ek weet hoeveel trots ek ter wille van my kinders moes opoffer.

Moedeloos staar ek na die hoop pos in my in-mandjie. Hoe langer dit duur vandat ek in die spaarkamer ingetrek het, hoe moeiliker word dit vir my om deur die dae te kom. My kantoordeur wat altyd oopgestaan het vir wie ook al wou inkom, is nou stug en onvriendelik toe. Iemand klop aan die deur: skugter, bang. My vriendelikheid het ook iewers, êrens heen verdwyn. Ek antwoord, en 'n bode kom binne met 'n ruiker wit en rooi rose. Daar is 'n spierwit koevert half weggesteek tussen die rooi rose. Ek skeur die briefie oop en lees die enkele woorde:

> *Ek is jammer. Dit is maklik om 'n ander vrou se man lief te hê, maar slegs totdat jy daardie vrou self in die oë moet kyk. Miskien, wie weet, dalk sal jy dit ook nog eens regkry om te vergewe al weet ek hoe moeilik dit sal gaan.*

Ek ruik aan die rose, maar hulle het geen geur nie. Net kleur. Rooi soos bloed. Wit soos die dood.

Saterdagoggend. Elkeen het vanoggend sy of haar eie pad gevind, maar ek verkies om by die huis te bly en in die tuin te vroetel.

"Wat plant Ma?" Ek kyk op en daar staan my seun met die seer in sy oë.

"Ek plant sonneblomme."

"Sonneblomme?" Ek hoor die uiterste verbasing en ongeloof in sy stem. "Ma sê dan altyd sonneblomme is lelik en hulle vervuil en hulle hoort net in landerye. Hoekom plant Ma hulle nou hier tussen die rose? Hulle gaan mos al die son van die rose af wegkeer."

"Ek weet wat ek gesê het, maar ek dink nou anders. 'n Sonneblom is 'n blom van ewige lewe. Kyk net hoe baie pitte het elke blom wat weer op hulle beurt blomme sal word. Al is 'n sonneblom nie so mooi soos 'n roos nie, sy weet waar haar krag lê. Daarom groei sonneblomme altyd met die goudgeel koppe na bo."

"Soos 'n kroon," sê iemand anders, sonder om van haar borduurwerk op te kyk.

Brandnetels

"Blomme is goed en gaaf," sê mevrou Van der Walt eendag by die borduurklas. "Maar in enige tuin sal daar vroeër of later 'n brandnetel of twee opslaan. En 'n brandnetel is soms nodig.

"Letta se storie," gaan sy voort, "is 'n Dopperse storie propvol brandnetels, en as 'n Niedopper die storie van Letta vertel, klink dit neerhalend, grens dit aan *crimen iniuria*. Wanneer 'n Dopper hierdie storie oorvertel, is dit 'n ander saak. Dan verkry die storie van Letta 'n ander dimensie. Dit is dié dat ek die reg het om vir julle te vertel van Letta met die brandneteltong en haar minagting vir wat die mense om haar van haar dink.

"By die Gereformeerde Kerk se stigtingsvergadering in die middel van die vorige eeu het een van die waardige kerkstigters voorgestel dat dit in die kerkorde neergeskryf, ingeskryf, vasgelê moes word dat Doppers net met Doppers mag trou.

"Na baie besprekings en 'n oor en weer stryery is hierdie trouvoorstel verwerp. Baie van die eerbiedwaardige stigtersvaders was egter bitterlik verontwaardig hieroor. As dit nie was dat die nuwe kerk nog besig was om in die lewe geroep te word nie, sou hierdie saak sekerlik tot 'n kerkskeuring gelei het. Die feit dat die stigtingsvergadering die voorstel afgekeur het, het egter nie verhinder dat party Doppers die voorstel in hulle eie familiekringe deurgevoer en streng toegepas het nie.

"Iewers in die rigting van die ou noordwestelike Transvaal se kant het twee broers saam op 'n groot familieplaas geboer. Oom Frans en oom Peet was stoere boere, trots op hulle rol in die stigting van hul kerk. Onwrikbaar in die geloof en in elke letter van die Groot Boek, was die twee broers nie net stigterslede van die nuwe kerk nie, maar hulle was ook die sterkste voorstanders van suiwer Dopperhuwelike. Getrou aan die voorskrifte van Genesis het hulle self hulle bes gedoen om die getalle van die bevolking van Suid-Afrika in die algemeen, en die lidmate van die Dopperkerk in die besonder, aan te vul en uit te brei. Toe die oudste kinders begin man en vrou soek, het alles nog goed gegaan. Daar was nog baie jong loslopende Doppers in die omgewing. Soos die jonger kinders begin hubaar raak het, het geskikte troumateriaal egter al skaarser geword en daar moes al verder en verder weg van die huis gesoek word na Dopperse lewensmaats.

"Uiteindelik is die laaste loslopende nasaat van die twee broers getroud. Teen daardie tyd was dit al amper tyd vir die oudste kleinkinders om ook te trou en toe begin die eintlike moeilikheid, want geskikte troumateriaal het ewe skielik opgedroog. Oom Frans en oom Peet het baie lank en baie ernstig oor hierdie saak geredeneer, want om te trou is 'n Bybelse voorskrif. Baie huisgodsdienste en baie Sondagleesdienste is aan hierdie saak gewy, maar 'n oplossing vir die probleem was daar net doodeenvoudig nie tensy hulle die jongmense toelaat om van die plaas af weg te gaan en op 'n ander plek te gaan werk soek in die hoop dat hulle die regte lidmaat-lewensmaats sal raakloop.

"Hierdie voorstel het egter groot ongelukkigheid onder ma's en ouma's veroorsaak. Nadat daar weer een Sondag na nog 'n leesdiens oor vrugbare huwelike met geskikte huweliksmaats geluister moes word, stel 'n kind voor dat Santie, die kleindogter van oom Peet, sommer met Klein-Frans, die kleinseun van oom Frans, moet trou.

"Vir dae aaneen is hierdie voorstel bepraat, beredeneer, afgeskiet en weer opgetel. In die lig van die dringendheid van die saak besluit die twee stamvaders toe dat dit eintlik nie so 'n slegte voorstel is nie. Nie net sal die eenheid van die familie behoue bly nie, maar (en dit is tog sekerlik die belangrikste) die Kerk se voortgang sal suiwer en onbesmet verseker word.

"Dadelik en met groot oorgawe en baie opgewondenheid word toe reëlings getref vir Santie en Klein-Frans se huwelik. Wat die twee jongmense graag sou wou doen, het niemand gevra nie, want dit was tog nie regtig van belang nie. Die wil van die ouers en grootouers en die toekoms van die Kerk was tog sekerlik genoeg om 'n lang en gelukkige (en veral 'n vrugbare) huwelik te verseker.

"Toe die volgende twee kleinkinders hubaar is, was dit nie so moeilik om te besluit wie sal met wie trou nie. Baie gou het hierdie familiehuwelike 'n vanselfsprekende deel van die Frans-Peet-stam se lewens op die groot familieplaas geword. Ongelukkig ontwikkel daar toe 'n lewenspatroon met allerhande onaangename gevolge wat maar gewoonlik gebeur waar ondertrouery en intelery plaasvind.

"Oom Frans en oom Peet het die weg van alle vlees gevolg. Al was hulle nie meer met die lewendes nie, het die lewendes oordadig met die name van die voorsate bly voortwoeker: Klein-Peet se Klein-klein-Peet se Klein-Rooipeet het met Klein-klein-klein-Santie van Klein-klein-Santie van Klein-Santie van Santie van oom Peet en van oom Klein-Frans van oom Frans getrou en hulle het weer op hulle beurt 'n Peet, 'n Frans en 'n Santie gehad met of sonder ellelange byvoegsels en aanhangsels vir uitkenningsdoeleindes.

"As dit net die naam-mengelmoes was, sou dit seker nog gegaan het. Jy moes net kophou en probeer onthou waar in die genealogiese kronologie daar nou getrek word, dan was die Kaap Hollands – ekskuus! – dan was die Frans-Peet-plaas Doppers!

"Die eintlike groot gemors was dat die twee ou broers se nasate al hoe meer geword het en hoe groter hulle getalle geword het, des te meer het ondertrouery 'n lewenswyse geword. Saam met die intelery het die verstandelike vermoëns wipplank gery en terselfdertyd het die fisieke afwykings allerhande eienaardige vorms aangeneem.

"Ten spyte van fisieke afwykings en grade van verstandelike gestremdheid, was daar een ding waarvan die afstammelinge van oom Frans en oom Peet nooit beskuldig kon word nie: kerkloosheid en kerklosheid. Intellek en fisieke volmaaktheid was vir hulle 'n irrelevante bysaak. Al wat saak gemaak het, is die gebod rakende die vrugbaarheid van die mens en om hierdie gebod uit te leef, moes daar getrou word en as die trouery 'n familiesaak is, is dit 'n familiesaak en klaar.

"Gestremdheid in alle vorms en manifestasies was die reël, maar tog was daar ook die uitsonderings. Soos Letta met haar brandneteltong.

"Letta was geseënd met baie verstand, baie inisiatief en 'n eiewilligheid en hardkoppigheid soos min. Sy was gevrees weens haar skerp tong, maar jonk en oud het na haar gegaan vir 'n finale uitspraak, al het sy nie een enkele geleentheid laat verbygaan om met haar woorde te irriteer of ongemaklikheid te stig nie. Letta was getroud met Klein-klein-Rooipeet van Klein-Rooipeet van Klein-klein-Frans en so aan met die naamlys en die familielys en die hiërargie tot by die twee oorspronklike stamvaders. Afgesien van haar verstand, het sy ook ander eienskappe van die twee stamstigters geërf: koppigheid soos die bosveld se ysterhoutboom, 'n instinktiewe selfhandhawing en die gawe om blitsig besluite te neem. Die jongmanne van die Frans-Peet-stam het katvoet om haar gedans, want haar vinnige humeur en haar tong wat vir niemand gestuit het nie, het eerder vrees as begeertes by die vryersklonge aangewakker. Haar stamgenote het haar geëer en gevrees. Sy was een van die enkelinge van hierdie stam wat graag gelees en goed geskryf het. Sy het haar eie lewe, haar huishouding, haar familie, die boerdery van die Frans-Peetstam gereël, georden, regeer. Eenmaal toe sy dit nodig geag het om in te gryp in boerderybestuur, het een van die ouer mans gesê: 'Letta het 'n bek om te soen maar 'n tong soos 'n brandnetel. As jy net eenmaal met haar tong te doene gekry het, lol jy nooit weer om te probeer soen op daardie bek nie.'

"Hoe dit ook al sy, Letta het met haar tong en al toe ook mettertyd getroud gekom. Gou-gou was sy 'in die ander tyd' en het 'n Klein-Frans-Peet die lig van die familieplaas aanskou.

"Daardie onvergeetlike nagmaal is Klein-Frans-Peet gedoop. In hul massas het die Frans-Peets opgetrek, want 'n nagmaal het bo en behalwe al die ander lekker dinge, ook nog 'n massadopery en 'n massabelydenisaflegging geïmpliseer. Vir Letta was die dorpskerk 'n hoogtepunt. Dit was iets om aan vas te hou, iets om te oordink in die lang dae tussen die baie familielede met wie sy nie 'n sinvolle gesprek kon voer nie. Alles wat gedurende die nagmaalsnaweek gebeur, was dus iets om te bêre vir drie lang maande se oordenkinge.

"Die dopery en die nagmaalsvieringe is verby. Uiteindelik is dit tyd vir die nabetragtingsdiens. Letta skuif haar reg om met oorgawe na Dominies se preek te luister, maar so by die tweede psalm langs begin die goed-gedoopte kleinding te kriewel en te kerm vir kos. Letta probeer alles: eers haar duim, toe die prop gemaak van 'n stuk spierwit uitgekookte meelsak, maar niks wou help nie en 'n bottel het sy nie besit nie. Waarskynlik al klaar net so koppig en eiewillig soos sy ma, het Klein-Frans-Peet nie gehuiwer om vir die hele wêreld te laat weet dat sy ma hom laat honger ly nie.

"Van 'n moederskamer in die kerk was daar nog geen sprake nie. Letta loop dus vorentoe en gaan maak haar tuis in die konsistorie. Toe Klein-Frans-Peet uiteindelik rustig aan die suie is, ontdek Letta tot haar grootste frustrasie dat sy nie behoorlik vir Dominies kan hoor nie. Sy maak die konsistoriedeur oop en gaan sit weer, maar die oopmakery help toe nie veel nie, want sy kan nog steeds nie behoorlik hoor nie. Omdat sy wil hoor, omdat sy moet hoor, gaan leun Letta ewe rustig teen die deurkosyn van die konsistorie met Klein-Frans-Peet al suiend aan haar bors.

"Die gemeente kon nie anders as om Letta se skaamtelose ontblotenheid raak te sien nie. Met verleë glimlaggies en 'n skelm-skelm geloerdery het die mans met onderstebo hoofde gesit. Die vrouens het met rooi-skaam gesigte ongemaklik rondgeskuif. Uiteindelik staan een van die diakens op. Met 'n vasberade tred en met 'n gesig bloedrooi loop hy op Letta af en maak die deur toe. Voordat hy by sy sitplek terug is, vlieg die deur oop en daar staan Letta kwaai. Kliphard klap sy haar tong. Toe, met 'n frons tussen haar oë, haal sy die baba van die leeggedrinkte bors af, bêre die bors en haal die ander een uit. Rustig suie Klein-Frans-Peet verder. Hier en daar proes een van die gemeentelede. Die vasberade diaken kyk om en sien vir Letta met die ontblote bors en die uitdagende frons. Doelbewus, daadkragtig staan hy op en loop weer op Letta af, sit sy hand teen haar skouer, druk haar in die konsistorie in en maak die deur hard toe met 'n besliste uitdrukking op sy gesig.

"Toe hy wil omdraai om na sy plek in die diakensbank terug te loop, vlieg die deur weer oop en daar staan 'n woedende Letta met haar eersteling nog steeds al suiende aan haar bors.

"'Wa' dink jy doen jy, lunsriem?' wil sy kliphard weet. 'Wa' kry jy die reg om jou hand vir 'n vrou op te tel? En wa' kry jy die reg om 'n vrou se tiet uit die kleintjie se bek te stamp? En dit nogal in die kerk. Sal jy daarvan hou as ek jou kos uit jou bek stamp? Ek het gekom om te kerk en kerk gaan ek kerk en geen kleintjie met 'n lus vir 'n tiet en geen diaken sonder ontsag vir die kerk en 'n kleintjie se tietlus gaan my laat ophou kerk nie. Gehoor?' en sy klap haar tong hard en dreigend.

"Die gemeente hoes, maak keel skoon, skuif rond. Dominies preek al harder en harder. 'Amper asof hy wil uitsaai daairekt Hemel toe,' het oorle' oom Karel Plessie vir my die storie vertel, want hy het dit mos alles self gesien en gehoor.

"Die vasberade diaken het ewe beteuterd vir die leraar op die preekstoel, vir sy mede-ampsbroers, vir die gemeente geloer. Toe gaan sit hy maar so hangkop-hangkop in die diakensbank. Wat verder gedurende daardie preek gesê is, het hy nou nie eintlik geweet nie, maar hy het bly wonder waarom sy hele lyf gevoel het asof hy per ongeluk in 'n brandnetelbos vasgeloop het.

"Die enigste een buiten Dominies wat geweet het wat daar in die preek gestaan het, was Letta, want sy kon elke woord van ou Dominies se preek hard en duidelik hoor daar waar sy teen die konsistorie se deurkosyn leun met Frans-Peet al suiende aan haar bors.

"Letta se storie was te veel om 'n plaaslike aange-leentheid te bly. Die ding het tot 'n draai in die des-tydse Unieparlement gemaak. Die parlementslid, 'n Dopper, was ook daardie nabetragtingsdiens in die kerk. Op aandrang van die predikant, van die diaken in die besonder en van ander vooraanstaande lede van die gemeente in die algemeen, het hy die saak van oom Frans en oom Peet se nasate in die algemeen en van Letta se onbeskaamdheid in die besonder met die welsyn opgeneem. Op hulle beurt het hulle toe weer die parlementslid genader en toe het hy maar die saak met die parlement opgeneem.

"Daar in die Kaap het die parlementslid die erns van hierdie saak so goed en so duidelik en so kleurryk omskryf en beskryf dat die Unieparlement 'n wet uitgevaardig het waarvolgens die grond van oom Frans en oom Peet in die sorg van die mees intelligente nasaat van die twee ooms gegee is. Na baie toetse en nog meer besprekings en samesprekings, is die res van die Frans-Peet-stam oor die lengte en breedte van die land na volkswelsynnedersettings gestuur en terselfdertyd het daar van die owerheidsweë 'n opdrag aan die plaaslike poskantoor gegaan dat geen pos van enige van daardie nedersettings af aan die plaaslike Frans-Peet-nasate afgelewer mag word nie.

"Ofskoon die verhaal van die Frans-Peet-stam al tot 'n groot mate vergeet is, is Letta se storie deel van die folklore van daardie omgewing en ook deel van die kultuurhistoriese geskiedenis van die Dopperkerk.

"Of Letta ooit regtig kon skryf en hoe goed sy kon skryf, dit weet ek nie. Wat ek wel weet, is dat sy presies net soos dit 'n dapper en 'n trotse selfhandhawende Doppervrou betaam, haar feminisme uitgeleef het – met haar brandneteltong, met haar suiende kind aan haar rondvol bors en al.

"Daarom is daar iets te sê vir brandnetels. En al kan Letta se storie net deur 'n Dopper oorvertel word, bly dit 'n storie vir al haar susters, Doppers of nie."

Welwitsia

Die vrou met die rooi skoene het duidelik die ander se stories geniet, maar self het sy min gesê. Tot die dag toe hulle 'n welwitsia moes borduur. Daar het toe skielik 'n nuwe vuur in haar oë gekom, en 'n baie ver kyk.

Sy is skielik terug in 'n ander lewe, 'n ander plek. Sy kry swaar onder die knellende onvergenoegdheid wat deur alleenheid veroorsaak word. Eendag sal sy iets daaraan doen, maar tog net nie vandag nie.

Sy het pas tuisgekom en loop posbus toe. Sy kyk verstom na die koevert in haar hande. Pos beteken mos rekeninge en rekeninge is lig en dun. Kan háár posbus iets so lekker oplewer?

Die koevert is lank, dik, swaar. Die handskrif is groot, oorbekend. Al weet sy dat dikte en nuuswaardigheid nie noodwendig aan hierdie onleesbare handskrif sinoniem is nie, verdwyn die traagheid en sy stap haastig huis toe soos 'n jongmeisie. Die selfbeheersing wat met moeite aangeleer is, kom nou handig te pas. Versigtig sit sy eers die brief op die eetkamertafel neer en trek die koffiemaker nader. Toe, net omdat die handskrif groot is en deel uitmaak van 'n andersoortige verlede, gooi sy vir die wis en die onwis nog 'n hoogvol lepel koffie in die filter.

Johannatjie

Net so. Geen *liewe* of *beste* of *hoe-gaan-dit-met-jou-met-my-gaan-dit-goed*-aanhef nie. Net *Johannatjie*. So was dit nog altyd en so sal dit seker altyd wees. Tyd vir allerhande onnodighede is daar nooit. Sy weet, want sy ken die handskrif so goed. Opgesluit in hierdie een woord lê 'n leeftyd van saamloop, van omgee, van behoort. Sy lees weer:

Johannatjie

Wat ek vir jou vandag wil vertel, is baie deurmekaar, maar jy sal verstaan, want so was dit mos nog van ons begin af: jy verstaan. En omdat ons saamloop so oor die aardbol versprei lê, moet ek vir jou van my seun vertel.

Soos met ons twee, was dit ook van kindsbeen af met hom en Riaan. Saam is hulle weg Grens toe na matriek en toe, een vuurwarm dag, is my kind alleen oor op die slagvelde van Angola. En al kon hy nie by die begrafnis wees nie en al het hy nooit daaroor gekla nie, is sy jeug weg saam met Riaan.

Iets het hom gedryf, en toe daar 'n geleentheid kom, gaan hy op 'n pelgrimstog na daardie woestynslagveld. Dit word 'n onvergeetlike wonderwerk. Toe hy sy reis wou regverdig, het hy in 'n weerlose oomblik van groot weemoed vir my vertel hoe Riaan op daardie warm dag by 'n verdroogde stomp in die woestyn gesterf het.

Hy het nou, na 'n groot gesoek, die regte plek gekry, en toe leef die verdroogde stomp! 'n Wonderwerk wat net eenmaal elke honderd jaar gebeur: 'n welwitsia van die Namib in volle blom!

"Ma," skryf hy vir my. "Ma, toe ek voor daardie blom staan toe wéét ek vriendskap is meer as net saam lag en saam droom. Dis nie verganklik soos die mens nie. Ek weet mos Ma wéét en verstaan."

Ek was bly, omdat hy geweet het ek weet en ek sal verstaan. Ek weet jy verstaan ook, want ons twee se paadjie het darem al baie draaie geloop van daardie eerste keer toe ons met mekaar en met die feminisme kennis gemaak het. Daardie sestigerjare toe die eertydse Rhodesië UDI afgekondig het en die wêreld die Smith-regering begin straf het met sanksies was darem opwindende jare vir die vrou. Onthou jy nog met hoeveel trots ons gelees het van die dapper bevryde vroue van Rhodesië toe hulle vol bravade hulle brassières in Salisbury se strate rondgeswaai het en die wêreld en die onderklerevervaardigers wat ook aan die sanksieveldtog deelgeneem het, uitgedaag het met hulle oorlogskreet: "We'll swing for Smith, but we'll never capitulate!" Ons was trots op hulle en het hulle graag nageboots, maar die welwitsia het nie geblom nie, nie vir hulle en nie vir ons nie.

Weet jy, Johannatjie, vir my is die lekkerste onthou oor ons twee se saambeleef, die herinneringe aan die dag van ons grootste bevryding daardie vroegsomerdag in Amsterdam se Vondelpark. Durf ons ooit vergeet hoe ons in die vreugde van ons vrouebevrydheid al ons bra's op 'n hoop gegooi en aan die brand gesteek het? En onthou jy nog hoe ons gelag het toe die een ou parkopsigter hoofskuddend by ons wou weet waarom ons die lug besoedel met die verbrand van ons **boezembezies**?

Van onthou alleen kan geen vrou, geen mens leef

nie en dan is onthou en vergeet nog daarby ook eie bloedfamilie.

Toe ek jou vertel van my nuwe planne, het jy slegs gesê jy weet ek verhuis maklik en, Johannatjie, jy was reg. Om te verhuis is maklik. Dit is die afpak en die voortleef wat die eintlike probleem is. Hoe langer die afpakkery verby is, hoe meer voel ek in hierdie nuwe wêreld soos 'n onwelkome indringer. Ek weet nie watter soort vriendelikheid om aan wie wanneer te betoon nie: hooghartig en koud, stroperig en twee-gesigtig? Ek wil skree, sodat die hele wêreld my kan hoor en ek wil vra, sodat ek kan weet, want ek moet weet: "Wie is ek? Waar hoort ek? Waarheen is ek op pad? Hoekom wil julle my nie hê nie?" Maar my stem steek vas in my keel en die pad na my nuwe kampus bly vol vrees en ek ry en ek ry en ek kla nie, want daar is niemand wat wil luister nie. En toe, vanoggend, net vanoggend, toe wyk die vrese en meteens is die vreemdheid die heerlike bekendheid.

Vanoggend op pad kampus toe stoei en woel ek soos gewoonlik met die onvrede in myself. Ek dink hierdie kant toe en ek dink daardie kant toe en ek wil nie hier bly nie, want ek hoort nie hier nie, maar ek kan ook nie teruggaan nie, want daar is nie meer 'n plek genaamd Terug nie. En ek weet die rede waarom ek nie hoort nie, is omdat ek nie kan behoort nie, omdat ek vir myself 'n vreemdeling is.

Versigtig vir die woelende bokke wat sommer voor die karre in foeter, ry ek al morrende eers by die bontboudbokmark verby. Al die bokke se regterboude is kaal geskeer en met vrolike bont kleure genommer of sommer net met 'n bont kol gemerk ter wille van kopers en verkopers se sieleheil en koopvoordeel. Toe sukkel-sukkel ek deur die menigte voertuie en busse by die besige taxi-staanplek net om by die volgende landmerk op my daaglikse roete tot stilstand gedwing te word: vlak by die bossie- en wortelmark. Hier vertoon kundiges hulle sakke vol bossies en wortels vir die mutimengers en die sangomas wat kom kyk, voel, ruik, koop.

'n Taxi gly met skreeuende remme en sonder enige waarskuwing voor my tot stilstand. En soos in 'n rolprent speel 'n grootse skouspel voor my oë af: 'n sangoma-inkopietog! My ongeduld vergete, trek ek van die pad af om hierdie kopers behoorlik te bekyk.

Statig en bewus van hulle eie belangrikheid, stap hulle van een sak handelsware na 'n ander. Hulle vroetel hier, ruik daar en deurentyd word daar gepraat, beduie, onderhandel. Uiteindelik word daar gekoop en die verkoper sleep-dra die sak na die taxi waarmee haar kliënt gekom het.

*Ek sit my nog so en verkyk aan die doene en late van die kopers en die verkopers, toe daar nog 'n taxi propvol van dieselfde soort kopers stilhou. En toe sien – nee, toe **belééf** ek haar! 'n Eenmaal-in-'n-honderd-jaar-mirakel! 'n Welwitsia in volle blom in die groen malsheid van Natal! Die welwitsia is 'n woestynblom, sê jy. Johannatjie, luister vir my: die welwitsia blom in Natal!*

Lank. Rysig groot. Net-net sigbaar langs die slape is die wit van ouderdom en ervaring. Net onder die naeltjie span die tradisionele sangoma vel- en kraleromp styf om die welbedeelde lyf. Soos blinkbruin uitgerysde brode lê die boonste gedeelte van die maag,

*die middellyf, die swaar borste oor die velromp.
Ritmies op maat van haar loop, golf, dein, skommel,
rol die blinkbruin suurdeeglyf. Haar sterk bene se pas
is vloeiend, doelgerig. Toe sien ek hulle, Johannatjie.
Toe sien ek haar voete. Sterk, doelgerigte voete wat
beslis en met kennis opgetel en neergesit word.
Uitdagend geklee in 'n paar deftige bloedrooi hoëhak-
skoene, stu haar twee sterk voete voort. Ek kan sien
hulle is geregtig om geklee te word in deftige bloedrooi
hoëhakskoene. Haar kop is trots omhoog en daar is
geen selfbewustheid in die ritmiese swaai, rol,
skommel van die kaal bolyf in pas met die sterk voete
in die bloedrooi skoene nie.*

*Uiteindelik! My soektog van baie jare is verby. Ek
moes hierheen kom om ook my welwitsia in volle bloei
te ervaar. 'n Eenmaal-in-'n-leeftyd-mirakel! En toe
weet ek: hier in hierdie wêreld van dié vreeslose, totaal
bevryde Natal-vrou, hier kan ek bly. Hier behoort ek
en hier wil ek hoort. Hier kan geleer word van waarlik
vrouwees en al beteken vrouwees dikwels ook
alleenwees, is alleenwees nie noodwendig eensaam-
wees nie. Al wat saak maak, is jou bloedrooi
hoëhakskoene en hoe jy hulle dra.*

Groete soos altyd.

Sy laat sak die brief. Soos die aanhef, so is die slot.
Kortaf. Naamloos. Sy ken mos die naam en sy ken mos
die mens. Toe sien sy die naskrif. Sy lees. Sy lag en lag
totdat die trane kom, warm en bevrydend. Die groot
huil van verlange en blydskap oor 'n brief in 'n
onleesbare handskrif. 'n Handskrif wat weet van

vrymaak. En haar trane proe soos die reën in die Vondelpark.

Haar man kom verby en hy knor: "Hoekom maak jy tog die koffie so ondrinkbaar sterk?" Sy maak nie verskoning nie en hy kyk verbaas na haar.

Sy kyk na hom en hy voel verbouereerd, want dit is 'n kyk wat hy nie ken nie. En toe lag sy meteens hard, vreemd uitdagend-uitbundig soos sy nie eens daardie één dag in Vondelpark kon lag nie. Sy hou die koffiebeker omhoog soos 'n gelukwensbokaal en sy sê vir wie ook al wil luister: "Sterk, ryk en lekkerrr." Die wete dat sy één keer meer moed gehad het as haar man, vul haar met 'n ongekende behoefte om so gou as moontlik die wêreld aan te durf met 'n eie paar bloedrooi hoëhakskoene aan die voete en sonder die beklemming van 'n *boezembezie*. Toe lees sy weer die naskrif:

NS

Nou dat ek ook die mirakel van die welwitsia in blom beleef het, Johannatjie, nou voel ek so bevryd dat ek sommer die moed het om na al die jare vir jou die waarheid te vertel. Daardie dag toe ons in Vondelpark die vreugdevure van die feminisme in 'n jubelende brandoffer omskep het, daardie dag het ek 'n ou verflenterde bra wat ek in ieder geval nooit meer gedra het nie en wat ek eintlik al wou wegsmyt, op die brandstapel geoffer. Bevryd of te not. Sonder my boezembezie *loop ek so nimmer as te nooit! Nie toe nie en ook nie nou nie!*

En die verdroogde takke van die eenmaal-in-'n-honderd-jaar-mirakel sidder en kraak van lekkerkry oor die sappe weer begin spook en beur om uit 'n ou matriks te bars.

Johanna het vir die workshop die geredigeerde weergawe vertel, meer van die seuns as van haarself, maar toe sy ná die klas uitstap, was haar treë in die rooi skoene skielik sterker, doelgerig.

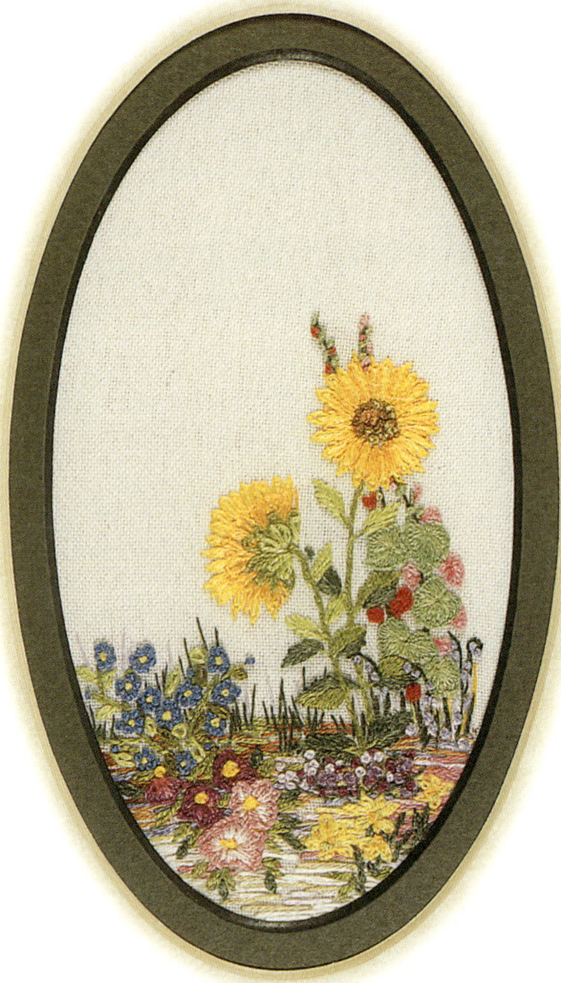

Vinkel en koljander

VAN STOKROSE EN MATRONES

Ses dogters is vir Theuns en Marie du Preez gebore. Sterk, gesonde dogters. Blond. Baie mooi. Almal van hulle. Die oumas aan albei kante is vernoem. Die tantes aan albei kante is vernoem. Die sesde een kry toe haar ma se name. Toe is die name op. Marie du Preez word weer swanger en nog 'n dogter word gebore. Die oupas is nog onvernoem. Theuns is bekommerd, want hy is die enigste seun en wie gaan die familienaam voortdra? Die sewende kind word verwag en almal hoop dis nou die erfgenaam en naamgenoot, maar dis weer 'n dogter met 'n klaende stemmetjie, 'n plooigesiggie en 'n ylerige bos swart hare. Die oumas en die tantes bejammer die arme lelike laasgeborene wat met ses sulke mooi susters nooit 'n man sal kry nie. Die dokter sê: "Dis die laaste baba," en hy maak seker daarvan.

Die naam word 'n netelige kwessie. Marie soek naarstig naamboeke. Sy kon haarself die tyd en die moeite gespaar het, want Theuns was met nie een van haar voorstelle tevrede nie. Dit is naderhand die Saterdag voor doopsondag en Marie weet nog nie wat die baba se naam moet wees nie. Toe hulle Sondagoggend voor die preekstoel staan, haal Theuns 'n briefie uit sy sak, gee die briefie vir Ou-dominee en kyk uitdagend na sy vrou en vinnig oor sy skouer na die gemeente. Ou-dominee kyk na die briefie in sy hand en vra in 'n fluisterstem vir Marie: "Is dit 'n seuntjie?" Haar kop skud heen en weer nee. Theuns buig vorentoe en sê half-hard: "Doop die kind, Dominee. Bokker die briefie eers uit jou kop leer. Dis erfsake hierdie. Doop die kind en kry klaar."

Die sewende dogter van Theuns en Marie du Preez se bruinerige haartjies het dof en yl gebly, haar lyfie het maer gebly en haar gesig het altyd een of ander plooi gehad. Maar hoe kon dit anders met so 'n vrag name? Schalkina (na oupa du Preez) Petrusina Venterika (na oupa Venter) Theunsina (na haar pa) du Preez het van vroeg af geweet van swaardra aan familie-erfnisse.

Sy was nou nie so mooi soos haar halfdosyn susters nie, maar die kêrels wat later die paadjie na haar toe deurgeloop het, was baie en aanhoudend. Die meeste van hulle was ware uitsoekkêrels, want by gebrek aan 'n manlike kleinseun het die twee oupas gesorg dat hulle enigste naamgenoot oordadig en oorvloediglik erf.

Schalkina Petrusina Venterika Theunsina du Preez se oupas aan al twee kante was Afrikanerbeeskenners van formaat. Saam met hulle name het sy ook 'n kennersoog geërf. Sy het haarself bekyk, geweeg, waardeer en te lig bevind. Toe het sy geweet dat sy iets sal moet doen. Dit wat geld kon regmaak, het sy reggedokter: hare, gesig, klere. Toe moes sy 'n plan maak met die sware naamvrag op haar skouers. Oor die erfnisse het sy niks aan die name gedoen nie, maar sy het vir haarself 'n paslike bynaam gekry.

"Wat is mooier as 'n blom? Net mooi niks!" het sy vir haarself vertel. So word sy toe Blommetjie. 'n Mooi, fyn, teer blommetjie, het sy graag van haarself vir haarself gesê. 'n Blommetjie wat maklik kan seerkry as daar nie reg met haar gewerk word nie. Sy begin na ander mense kyk en hoe meer sy kyk, hoe meer word hulle ook nes blomme vir Blommetjie. Party is afrikaners en ander is kakiebos, party is asters en ander is rose met skerp dorings. Sy trou. Nie eenmaal nie. Driemaal. Elke keer met 'n ryk, aantreklike man met status en posisie en aansien in die gemeenskap en met baie geld in die bank. Maar elke keer besef sy maar alte gou sy het 'n fout gemaak, want die man het harde hande en 'n harde stem en allerhande gewoontes en maniere wat 'n mooi, fyn, teer en goed versorgde Blommetjie seermaak en haar teer sieletjie in die modder vertrap. En hoe kan 'n mooi, teer mensblommetjie met so 'n mislukking getroud bly?

Toe, na die derde mislukking (soos sy haar huwelike en haar mans beskryf), besluit Blommetjie Hugo dat dit nou tyd geword het om van mans te vergeet en haar heel onbaatsugtig te wy aan naastediens. Daar was baie moontlikhede vir iemand met geld, en geld het sy gehad. Sy begin toe hier en daar te soek na 'n naastediens waaraan sy haar met oorgawe en so min uitgawes as moontlik kan wy. Dit was nou nie heeltemal so maklik as wat sy gedink het nie. Die kinders in die weeshuis het *Blommetjie* na *Bossietjie* verander en die pastoor van die tentkerk het vatterig geraak. Toe los sy die weeshuiskinders én die tentkerk. Soos 'n langpadreisiger bekeer sy haar tot haar eie kerk. Steeds soekend na die regte naaste om te dien, vind sy, in haar eie kerk, *Vredelus Ouetehuis*.

Die dominee kondig af dat die nuwe raad 'n bekwame en geskikte matrone soek. Blommetjie Hugo doen aansoek vir die pos, al het sy nie die inkomste nodig nie. Die raad kyk deeglik na haar aansoek en weeg haar milde donasie en beloftes van nog verdere milde donasies op teen die ander aansoeke van ervare matrones. Voordat hulle kon besluit, styg rentekoerse wat sake vereenvoudig en so word fyn, teer Blommetjie 'n formidabele matrone Hugo.

Die eerste oggend toe sy die wêreld met 'n alwetende blik staan en beskou op die stoepie van die matronewoonstel in *Vredelus*, toe weet sy dat sy verkeerd was met die noemnaam Blommetjie. Blommetjie klink so tydelik. Vandag in volle blom en môre verdor. Sy vertel vir haarself dat sy eintlik stil en rustig en kalm is soos 'n groen grasperk. Toe die tuindienste daardie oggend arriveer om die tuin uit te lê, gee matrone Hugo haar eerste opdrag: geen blomme. Net gras. Groen. Gelyk. Rustig. Kalm. Vir die oues van dae, vir die senior burgers van hierdie dorp, vir die stil, kalm en rustige afgetredenes van hierdie dorp gaan sy 'n kalm, inspirerende rusplek langs die lewenspad skep. En hulle gaan só dankbaar wees. Só erflatenskaplik dankbaar.

Sommer so by voorbaat sak die genoegdoening soos 'n warm kleed oor haar benerige skouers. 'n Kleed van innige genoegdoening oor die inwoners se dankbaarheid wat hulle so mildelik oor haar sal uitgiet vir die stille hawe wat sy vir hulle sal vestig. 'n Hawe omring deur gelyk gesnyde grasperke. Sy sien 'n gesig deur die kantoorvenster van die voorsitter van die raad loer. Sy stryk haar splinternuwe uniform glad oor haar smal heupe en sy knoop die boonste knoop van die uniform los en vas en los en vas en sy wonder hoeveel huwelike 'n arme eensame vrou met meer as genoeg geld vir twee mense mag sluit. Miskien is 'n vierde probeerslag meer suksesvol as die vorige drie. Sy het mos al genoeg oefening gehad en sy weet die voorsitter van die raad het so 'n paar maande gelede wewenaar geword. En hy lyk tog so 'n sagte, medelewende soort man. Glad nie soos enige van haar mislukkings nie.

Die voorsitter van die raad staan voor sy kantoorvenster en staar na buite. "Waarna kyk Meneer so?" vra sy sekretaresse.

Skuldig kyk hy oor sy skouer. Toe lag hy. "Ek kyk vir Blommetjie Hugo. Blommetjie? Vir my lyk sy inderdaad na 'n blom, na 'n stokroos, penorent, onbuigsaam, onplukbaar. Onbuigbare harde hout. Ek verstaan dat sy al drie huwelike agter die rug het. Mag hierdie matroneskap tog uitwerk."

Hy slaak 'n diep sug van bekommernis, want op sy tafel lê 'n verblyfaansoek van een van sy familielede. Hy sug weer, nie omdat daar nié plek is vir sy familie nie, maar net omdat hy hierdie familielid se reputasie ken. Hy lag stilletjies en sonder om 'n spier te vertrek. Nou nie eintlik 'n stokroos nie. Meer 'n bougainvillea. Gehard. Onuitroeibaar. Vol blomme en blare. Propvol onverwagte en weggesteekte dorings. Hy glimlag weer. Propvol skelm dorings, maar geurig soos veldblomme. En hy wonder of matrone Blommetjie ook soos 'n blom ruik en of sy van naamgenote hou.

DIE OLYFTAK

Jan en Koba du Preez was al lank getroud, maar van

kinders was daar deur die jare geen sprake nie. Koba se ma het gebrom en Jan se pa het gebrom, want nie een van die twee was al vernoem nie. Hulle gebrom het geen reaksie uitgelok nie. Hulle het nie geweet van al die besoeke aan hoeveel verskillende dokters nie.

Net toe almal begin dink hulle weet Jan en Koba is te oud vir ouerskap, toe gebeur die wonderwerk. Koba raak swanger en haar ma begin pienk goetertjies brei vir haar naamgenoot wat aan die kom is. Die wolwinkel se eienares het gejubel en gejuig. So baie pienk wol het sy nog nooit verkoop nie.

Toe Jan se pa die tyding kry, is hy bank toe om by voorbaat vir sy kleinseun en naamgenoot 'n bankrekening te open. Die konserwatiewe bankbestuurder ag dit sy plig om die verwagtende oupa daarop wys dat die baba nog nie eens gebore is nie. 'n Doener wat elke gebeurtenis as 'n persoonlike uitdaging beleef, het Abel Jan du Preez sy kierie bokant die bankbestuurderlike kop geswaai en gedreig om sy aansienlike rekening na die opposisie oor te plaas as daar nie onmiddellik vir sy ongebore naamgenoot en erfgenaam 'n rekening geopen word nie.

Die rekening is summier geopen.

"Die arme ongeborene ...," het Koba se pa Theuns gebulder van die lag oor sy vrou en sy swaer se wedywering om 'n naamgenoot. Niemand het hom gevra hoe hy voel oor die naamstorie nie, want hy het mos nie in die tou gestaan vir vernoeming nie. Ook nie Jan se ma nie, maar sy was gewoond daaraan om altyd die minste te wees.

Ses weke te vroeg word die nuwe baba gebore. Jan kon beswaarlik vir Koba by die kraaminrigting kry of die baba arriveer. Koba het nog gewonder hoe voel dit om te kraam, toe is alles reeds verby.

"Dis darem vir jou 'n ongeduldige mensie hierdie!" sê die dokter en Koba sug te vroegtydiglik van verligting, want al die stories en rate waarna sy moes luister, het haar maar bangerig gemaak vir die gekraam.

Jan bel eers sy ma en toe sy skoonma. Sy pa dreig om hom te onterf oor sy bloedverraad en sy vrotsigheid. Jan hoor oor die telefoon hoe die meubels rondgestamp word en hy is dankbaar dat hy nie op hierdie vreugdevolle dag naby sy pa is nie.

Sy skoonma gil van vreugde en Jan is verplig om die gehoorstuk ver van sy oor af te hou. En al voel hy hóé sleg oor sy pa se ongelukkigheid, doen dit tog iets vir die verhouding tussen hom en sy skoonma toe sy jubelend uitroep dat sy nog altyd geweet het daar is geen manliker man op hierdie aardbol nie.

Toe begin die groot naamstryd. Koba se ma weet die baba moet haar name kry en Jan se ma sê niks al voel sy sy moet vernoem word, want Jan is haar enigste kind. En Jan se pa probeer iets vir homself red deur te eis dat sy eie ma vernoem moet word. Elke tante en niggie en vriendin tree tot die stryd toe en kom ongenooid aangehardloop met hulle lysies name. Koba probeer, maar Jan weier om oor sy eersteling se naam te praat. Koba se pa lag voor ander, maar wanneer hy alleen is, is hy sommer ongeduldig met die twee kinders wat nie kon sorg vir 'n tweeling sodat hy ook vernoem kon word nie. En die naamstryd duur voort.

Doopsondag. Die naamkwessie is nog steeds nie opgelos nie. Koba is so kwaad vir Jan dat die naamlose baba koliek kry van moedersmelk. Al waaraan Jan kan dink, is dat die dokter gesê het hulle sal maar moet aanvaar dat hierdie dogtertjie hulle enigste kind gaan wees. Hoe moet hulle nou maak met die naamgeeëry? Al redeneer hulle nou ook hoe, daar is nog altyd die erfporsies van twee kante af vir 'n enigste kleinkind.

Jan en Koba staan al voor die preekstoel en nog weet Koba nie wat haar kind se naam gaan wees nie en sy wonder hoe kan 'n mens 'n kind doop sonder 'n naam en of dit nie sonde is om 'n kind naamloos te doop nie. Jan kyk nie na sy vrou se kant toe hy die doopnaambriefie vir Dominee aangee nie. Dominee kyk vir Jan en hy kyk vir Koba. Toe loer hy so onderlangs na die voorste bank waar die trotse oumas en oupas en grootjies verwagtingvol sit. Hy buig na Jan toe en hy vra so uit die hoek van sy mond: "Is jy seker van die naam, broer Jan?" Die nuwe pa kyk na die preekstoel agter Dominee se kop en sê: "Doop, Dominee, doop. Dis erfsake hierdie. Doop die kind en kry klaar."

Agterna het almal gepraat oor die ouma wat so bly was oor haar eerste kleinkind se dopery dat sy flou geval het toe Dominee die name uitlees. Die arme oom Theuns, Koba se pa, het so geskrik vir sy vrou se flouvallery dat hy onbedaarlik aan die hoes gegaan het en uit die kerk moes vlug.

Oom Abel, Jan se pa, het so hard met sy kierie op die kerk se plankvloer gestamp dat sy kierie middeldeur gebreek het en Koba se ma sommer vanself bygekom het. Gewoond daaraan om altyd die minste te wees, het Jan se ma, tant Rebbie, net verleë gelag van vreugde.

En so is Rebelina Abelina Jakoba Theunsina toe gedoop. Dominee het toe maar by voorbaat gebid vir krag vir die kindjie al het hy nou nie gesê dat hy eintlik bedoel krag vir die name en die grootouers nie. En hy laat die gemeente net vir die wis en die onwis sing van jong olyfboomtakkies al het hy eintlik geweet dat hierdie kind die krag van 'n ysterhouttak sou nodig hê.

Rebelina Abelina Jakoba Theunsina se name het haar nooit gepla nie, want van haar geboorteuur af was sy so besig om te leef dat daar nie tyd was om aan name te dink nie. Maar die name het gemaak dat elke ouma en elke oupa gevoel het dat hulle 'n persoonlike aandeel in hulle enigste kleinkind het. Sy was die olyftak wat vrede tussen pa en seun, ma en dogter, skoonkinders en skoonouers, man en vrou, bewerkstellig het. Haar ma het haar *Liefie* genoem en vir haar pa was sy *Ounooi* en toe sy naderhand getroud is, was sy soms vir haar man *Hartlam* en die res van die tyd het hy haar allerhande ander name genoem.

Vir haar was elkeen van haar name 'n vreugde, want van elke bydraer het sy iets persoonliks geërf. Omdat haar naam so was, het sy teen alles en almal gerebelleer net omdat rebellie vir haar opwinding, vernuwing, afleiding beteken. Sy was 'n doener soos haar oupa Abel en soos haar ouma Jakoba s'n het haar hande vir niks verkeerd gestaan nie. Maar haar grootste en vernaamste erfenis het hierdie olyftak van die familie by haar oupa Theuns geërf: sy vermoë om te lag, eerstens vir haarself en daarna met ander.

So het die jare verbygegaan met baie lag na buite en soms met net soveel trane na binne. Kinders was daar nooit en ook nie broers of susters nie. En toe sy die dag by haar man se graf staan, wou-wou die futiliteit van die lewe haar oorweldig, want wie se siel gaan sy nou versondig? Maar net die volgende dag toe sy al die oorskietbegrafniskos bymekaar maak om na die plaaslike weeshuis te neem, toe kom sy op 'n stuk koerantpapier af waarin gepraat word van die opening van 'n nuwe ouetehuis met die naam *Vredelus*. Daar was glo nog etlike kamers beskikbaar. En net daar begin haar genesing, toe sy begin wonder of daar plek is vir 'n lis of wat in Vredelus, toe sy onthou dat een van haar oorle' niggies se man die voorsitter van die raad is en sy wonder wat sy met hierdie kennis moet maak.

Die lus vir lis steek egter in Rebelina Abelina Jakoba Theunsina se kop vas en sy wens haar man was nie dood nie, want dan sou hulle nou lekker gelag het. Toe bel sy maar die voorsitter van die raad en vra vir hom om vir haar aansoekvorms te stuur, maar hy bring dit sommer self, omdat hulle darem aangetroude familie is. En sy vul die vorms in en sy skryf 'n brief waarin sy vertel hoe graag sy ook 'n inwoner van *Vredelis* wil word. En sy wonder of iemand haar spelverbetering sal raaksien. Dis net by die plek waar hulle vra oor die noemnaam dat sy huiwer en toe skryf sy: *Theunsina*. Sy het haar Oupa Theuns se naam nodig. *Vredelis* laat haar weer lus voel om te lag.

Blommetjie Hugo kry die aansoekvorm met al die persoonlike besonderhede van die nuutste toevoeging tot *Vredelus* se geledere en warm gloede wys hoe sy haar vererg. Nog 'n Theunsina. Nog 'n vrou met 'n spul mansname. Nog 'n gebore Du Preez. Maar 'n Du Preez wat nie eers kan spel nie. Is dit moontlik?

En so word Rebelina Abelina Jakoba Theunsina toe *Vredelus* se olyftak geënt op 'n blomryke bougainvillea met die reuk van 'n ruiker veldblomme. Maar as jy ooit sou durf waag om vir Schalkina Petrusina Venterika Theunsina du Preez, bekend as matrone Hugo, daaroor te vra, sal sy jou vertel dat hierdie ander Theunsina 'n vlieg in die salf is. Dat sy 'n vrou van liste is. 'n Onkruid op die groen grasperk van matrone Blommetjie Hugo se Vredelus, en – 'n duwweltjie in die pad van Mister Patrick Geffen.

LUSTE EN LISTE EN 'N GROENVREDE

Matrone Hugo is ongestadig. Omgekrap. Sy moet praat en sy wil praat. Die moeilikheid is net: Hoe praat jy dat jy jouself nie in die voorsitter van die raad se slegte boekies bring nie?

"Kyk," sê sy en haar gesig is geplooi soos die dae voordat sy haar mislukkings se winste in gesigsnykunde belê het. "Kyk, die dag toe Theunsina Vestade hier gekoop het, is daar aan haar en aan die moeilikheid gesamentlik verkoop." Sommige van die raadslede byt op hulle tande, terwyl die ander toelaat dat hulle monde net so effentjies vertrek. Lag? Dit sal hulle nooit doen nie. Verstom en uit die veld geslaan is hulle wel. Matrone Hugo raak mos nie sommer ongedurig nie. Buitendien is daar van hulle wat bewus is van 'n verwantskap tussen mevrou Vestade en die voorsitter van die raad.

"Skaars het sy hier aangeland of sy vertel vir die vrouens dat hierdie 'n manshemel is en dat dit moet end kry. Toe hou sy 'n vrouevergadering en sy hou 'n lesing met foto's en sketse en nog sommer transparante ook oor die dinge van die uitgestorwe Amasone-vrouens. En toe..." Matrone Hugo word bloedrooi, pers haar lippe saam en lyk vroom.

Een van die raadslede sê ewe onskuldig: "Maar dit is tog seker net goed vir ons oumensies van *Vredelus* om sulke opvoedkundige en opbouende praatjies by te woon, nie waar nie? Dis tog kultuurhistories, nie waar nie?"

Die voorsitter van die raad wil glimlag, want hy onthou van 'n sekere inwoner van die ouetehuis wat *Vredelus* soms *Vredelis* gespel het. Hy sien hoe matrone Hugo met die boonste knopie van haar uniform speel en hy wonder oor matrones se lus vir liste. Vol berou oor sy gedagtes besluit die voorsitter om vir matrone Hugo te help, maar in die proses beland hy in 'n ander moeras:

"U sien, eerwaarde mederaadslede, tant Theunsina Vestade se lesing was so goed dat tant Frederika Harm toe hierdie stukkie geskiedenis heeltemal te letterlik gaan staan en opneem het. Blykbaar het sy nou al geruime tyd 'n ogie op oom Petrus du Plessis, maar eintlik steur hy hom nie aan haar nie. Sy raak toe so geïnspireer deur die voorlesing dat sy na die lesing die oom so 'n bietjie wou nader trek volgens die voorbeeld van die uitgestorwe Amasone-vrouens. Ongelukkig trek sy hom toe so nader dat hy vir drie dae in die siekeboeg was met 'n gekraakte ribbebeen."

"Ja," val matrone Hugo hom in die rede. "Nadat ons haar ten strengste verbied het om dit ooit weer te doen tensy ek...ons die onderwerp goedkeur, hou

Rebelina Abelina Jakoba Theunsina vanoggend weer een van haar lesings en sy weier om my daaroor in te lig! Ek voel dit het nou tyd geword dat ons mevrou Vestade versoek om ander verblyf te soek."

Die voorsitter van die raad kyk na die formidabele matrone en hy dink: "Oor my dooie liggaam," maar hy praat nie al weet hy nou waarom hy nog nooit van stokrose gehou het nie. Te styf. Te regop. Te onbuigsaam.

Matrone Hugo gaan aan: "Die ergste van alles is dat daardie Engelse Jood in hierdie Christenplek nou 'n geweddery aan die gang gesit het oor watter man na hierdie vergadering met af ribbetjies gaan rondloop. Tussen Theunsina Vestade en Pat Geffen is dit moeilik om enige waardige status te handhaaf." En matrone Hugo sug, want met al haar kwellings oor die rus en vrede van *Vredelus* kon sy nog nie vasstel hoe die Handves vir Menseregte waaroor Theunsina Vestade glo vanmiddag praat en af ribbetjies inmekaar steek nie.

En toe sien die eerwaarde raadslede dat matrone Hugo se statige status inderdaad aangetas is.

In die dienskamer is tant Theunsina Vestade se formele lesing amper afgehandel. Sy sien aan die vrouens se gesigte dat hulle lus het vir hierdie ding. Hulle beklink hulle eenparige besluit met koffie en beskuit.

"Onthou net," waarsku Theunsina Vestade haar medestryders. "Uncle Pat is myne. Julle kan die ander kry."

Die raadsvergadering hoor hoe *Vredelus* se vrouens lag en die voorsitter verheug hom oor die lewenslus wat sy familielid so listig onder matrone Hugo se neus in hierdie ouetehuis ingedra het.

"Geen ordentlike vrou kan in 'n plek soos hierdie bly waar daar nege mans is wat net vir kwaadgeld rondloop nie en dan is dit ook net groen waar jy kyk. Laat ons nou ontslae raak van hierdie Groen Gevaar voordat ons almal in steriele marsmannetjies verander. Laat ons die nege mans gebruik om kleur en lus in *Vredelis* in te dra en dalk leer ons nog sommer vir matrone Blommetjie Hugo ook nog hoe om 'n muurblommetjie te wees wat gepluk kan word. As julle moedeloos raak, lees net ons Handves van Vroueregte en alles. Onthou net: geen man mag hardhandig behandel word nie, want met af ribbetjies is hulle niks werd nie. En onthou ons afgespreekte kleurskema vir die tuinboukompetisie, want daar is groot geld wat ons met vrug kan gebruik vir die lus en die lis."

Die volgende oggend hardloop die verpleegpersoneel rond soos langafstandatlete. Elke vrou in *Vredelus* is dodelik siek.

"Wat op aarde gaan hier aan?" kreun Blommetjie Hugo toe sy voor tant Gesina se bed staan.

"Ag, Matrone," fluister tant Gesina. "Ag Matrone, die groot pes het ons getref. Ja, Matrone, die groot pes het al onse vrouens tot sterwens toe getref."

Matrone wag nie om eers te hoor watter soort pes die vrouens getref het nie. Soos 'n wegholstootskraper kies sy koers na tant Theunsina se wooneenheid toe.

"Theunsina Vestade, wat op aarde het jy nou al weer uitgedink?"

"Haai, Matrone," fluister tant Theunsina en haar stem is amper onhoorbaar swak. "Moet tog nie so hard praat nie. Kan jy nie sien ons is almal besig om te sterf nie. Gaan bel tog asseblief die bankbestuurder. Ek wil graag my testament regmaak..."

"Niemand gaan dood nie," raas Blommetjie Hugo.

"Ag, Matrone," en Theunsina Vestade se stem is swak. "Ag, Matrone, ons het almal die dodelike groenpes. Al wat hierdie gevaarlike pes kan hokslaan, is kleur. Anders is ons almal dood. Morsdood."

"Dood! My voet!" brom Matrone toe sy vinnig die paadjie afhardloop om die voorsitter van die raad te bel, want nou het sy mos 'n wettige verskoning om met hom persoonlik te praat.

"Wie gaan nou dood, Matroontjie?" praat oom Douw skielik langs haar en omdat sy tot sterwens toe moedeloos is vir al tant Theunsina se dinge, kla sy by oom Douw oor die verspotte groenpes se dodelikheid, maar toe verstaan hy dit nooit as kla nie.

"Goeistetjie-tog!" en weg is oom Douw, want hy het al vergete se tyd 'n ogie op tant Hannie en hoe kan sy nou wil gaan staan en doodgaan. Sommer so in die verbyhardloop, maak hy al nege die mans bymekaar vir 'n noodvergadering. Tot selfs vir oom afrib Petrus ook. En toe hulle klaar genoodvergader het, kon uncle Pat net sê: "Holy Moses! Let's get going, boys, before it's too late!"

Vier maande later. Die burgemeester en sy raad en al die hoogaangeskrewenes van die dorp het laat weet hulle kom vanmiddag na *Vredelus* vir koffie en koek. Al die inwoners is vanmiddag in die sitkamer vir hierdie belangrike koffie en koek. Die burgemeester se toespraak is lank, uitgerek, vervelig, want hy gebruik nie foto's en transparante soos tant Theunsina nie. En toe kom dit: "Die eerste prys en die wisseltrofee vir die mooiste tuin in die dorp gaan vanjaar na *Vredelus*. Die voorsitster van julle tuinekomitee, mevrou Theunsina

Vestade, verseker my dat julle tuinbouprogram uitsluitlik aan die inisiatief en die onbaatsugtige ywer van die damesinwoners toegeskryf moet word. Die dames van *Vredelus* verwerf dus vanjaar se wisseltrofee en die kontantprys van R3 000."

"My goodness gracious!" kerm uncle Pat. "My goodness gracious! Die blêrrie vrouens vang ons toe al die tyd vir blienkieng suckers. Ons dog hulle gaan almal dood van die groenpes en dan is daar nie meer Amasone-sports nie en al wat hulle wou hê, al wat die blêrrie skelm vrouens wou hê, is die eerste prys met al daai geld en ons val vir hulle slim planne. Die blêrrie vrouens! Die blêrrie skelm Theunsina Vestade!" Hy draai om en storm by die sitkamer uit met al die ander mans agterna. En sommer so in die gestorm begin hulle al vergadering hou en maak hulle al planne.

Terwyl tant Theunsina en haar medefeministe daardie middag triomfantlik hulle wisseltrofee en geldprys vier, maak die mans weer ewe listig van *Vredelus* se kleurtuin 'n groentuin. Kruiwa na kruiwa vygies, klokkies, asters, stokrose word weggery. Al waarvoor uncle Pat skerm, is die bedding veldblomme voor Theunsina Vestade se voordeur, want, beweer hy, Natuurstigting sal hulle vervolg as hulle hierdie massa veldblomme sommer so willens en wetens uitroei.

Soos uncle Pat gesê het: "Biedêm die blêrrie skelm vrouens se colour scheme. Nou is die ball in their court. Let's wait and see how they play it! Especially daardie blêrrie Theunsina Vestade!"

Die volgende oggend hou die mans vergadering. Planne word gesmee en kliphard word gelag, want hulle planne klink al hoe lekkerder. Niemand kan met soveel lus en lis 'n plan smee as nege ontstoke en verneukte mans in 'n ouetehuis met die naam *Vredelus* nie.

En matrone Hugo? Terwyl die mans vergader, sit sy en sommetjies maak en sy wonder hoeveel van die geld van watter van haar mislukkings sal sy moet opoffer om van Theunsina Vestade ontslae te raak en om die voorsitter van die raad nader te sleep.

En tant Theunsina? Sy is gehoed en gehandskoen en ge-scent dorpsbiblioteek toe. Die mansvergadering pla haar min. Sy gaan hoor eerder of die bibliotekaresse nie dalk interessante nuwe boeke gekry het oor interessante en bruikbare onderwerpe nie. Sy sug, maar dis 'n sug van lekkerkry. Wat sou tog van die arme vrouens van Vredelus se inisiatief geword het as sy nie daar ingetrek het nie? Dink nou net hoe vervelig sou die arme Theunsina Blommetjie Hugo se lewe gewees het so tussen al die dooilikes van *Vredelis*. Dit lyk darem nie of die ellendige ou uncle Pat te gevrek is nie. Nog net so een of twee plannetjies en nog so 'n bietjie sports en Theunsina Vestade gebore du Preez, Amasone-generaal *par excellence*, het vir Pat Geffen net waar sy hom wil hê. Eintlik is hy nie 'n te vrot tuinier nie. Ja-nee, sy het hom goed uitgekyk. Eintlik is hy nogal heel bruikbaar vir 'n man. Miskien kan hulle selfs terugtrek na haar huis toe. Sy moet nou net haar strategieë reg op dreef kry...

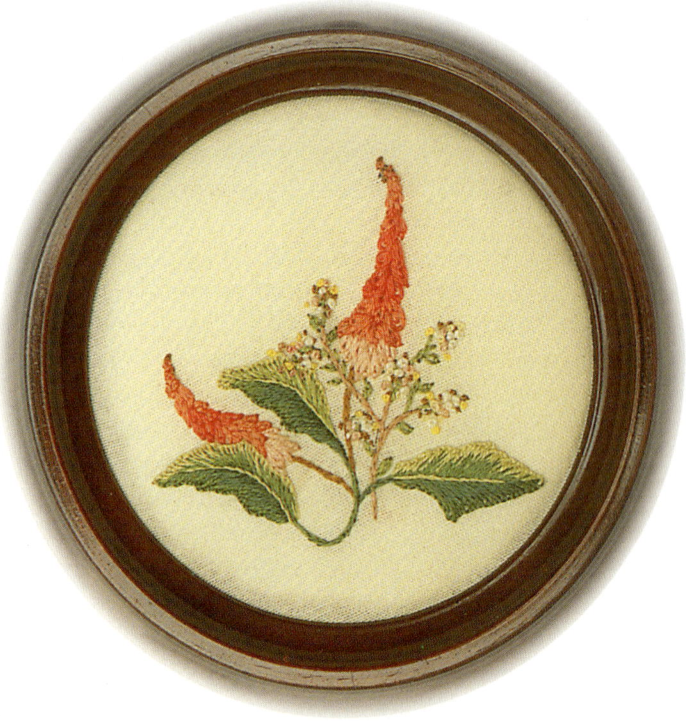

Mirre en aalwee

In die ou stad van Jaffa (of Joppe soos dit in die Nuwe Testament heet), nie baie ver van die huis van Simon die leerlooier af nie, is Dennie se winkel. 'n Skatkis vir die oudhedejagter, hierdie winkel tot oorlopens toe vol van argaïese artefakte uit die oesryke Palestynse oerwêreld.

Dennie is 'n Israeli en 'n Jood, groot van liggaam en gees, veel langer as 'n goeie outydse ses voet twee, met 'n stewige lyf so wyd soos die Heer se genade en 'n welige grys baard. Dit is egter sy breë intellektuele voorkop, sy oë wat nooit ophou vonkel nie, sy hande wat nooit ophou om saam te praat, lag en argumenteer nie, wat van hom 'n onvergeetlike vriend en 'n formidabele vyand maak.

Al is sy winkel groter as die meeste ander in die gerestoureerde ou stad van Jaffa, laat Dennie se lyf die plek oorvol lyk. Maar wie sien dit raak tydens urelange sinvolle gesprekke?

Dennie is nie net winkeleienaar nie. Hy is ook 'n gerespekteerde en erkende moderne Joodse skrywer in die tradisie van groot name soos Singer. Hy skryf soos hy praat, en hy praat soos die Hoogliedsanger. Hy skryf oor die mense van sy wêreld, die manne en vroue van die Nuwe Israel, die verloorders tussen die oorwinnaars. Sy mense leef en hulle lag, hulle word kwaad, en hulle ken eensaamheid en huil, hulle wen vir hulle land en hulle verloor vir hulself. Jy kan met hulle identifiseer, maar slegs as jy eerlik genoeg is om jouself in sy karakters te herken.

Talle kuiers in die land van die Bybel maak van Dennie 'n ou vriend en gesprekskameraad. Sy winkel is die eerste besoekpunt, sy telefoonnommer is gereed in jou hand sodra jy van die lughawe af by die hotel of by die hostel arriveer. En as jy sy stem hoor, vervaag die maande tussen besoeke, want die gesprek gaan voort waar dit die vorige keer opgehou het.

Ons sit in sy winkel en ons drink sterk swart Joodse koffie. Ons redeneer oor teologie, oor letterkunde, oor politiek, oor Suid-Afrika, oor Israel, oor die toekoms van die Christendom en Judaïsme, of die Russiese Jode 'n aanwins is vir Israel of nie. In hierdie konfrontasie tussen twee enerse geeste is daar geen oorwinnaar nie. Ons argumente is 'n intellektuele liefdeslied, die hoogtepunt van elke kuier in Israel. Ek gaan weg en laat hom agter, maar ek weet, wanneer ek weer kom, sal hy nog steeds daar wees – groot van gees en groot van lyf in sy propvol winkel.

Ek skop my skoene uit en ek sit agteroor in 'n ongemaklike stoel uit die paleis van een van die Herodusse en ek kry my storie bymekaar, want hy is besig om die argument te wen. Dennie gaan maak nog swart koffie en ek is seker dit is net om hom 'n geleentheid te gee om ook sy stellings te orden, om al sy feite in heroorweging te neem.

"Die groot geheim van swart koffie," sê Dennie, "is om die koffie te laat staan totdat al die moer afgesak het en om dit dan versigtig te drink." Hierdie les in swartkoffiedrinkery kry ek elke keer as ek by hom gaan kuier. Ek vermoed dis 'n set om my van stryk te bring, om my my goed uitgewerkte argumente te laat vergeet, om my nie-Joodsheid te beklemtoon.

Hy bring die groot erdebekers tot oorlopens gevul met soet **swart**-swart koffie waarop 'n dik laag moer lê wat wag om af te sak. Ek hou nie van soet koffie nie, maar Dennie vra nooit waarvan ek hou of nie hou nie. Swart koffie het volgens Dennie bruinsuiker nodig en daarom kry jy soet swart koffie.

Ons stry oor wie die eerste teruggekom het Jerusalem toe: Esra of Nehemia. Meteens bly Dennie stil. Sommer so in die middel van 'n sin hou hy op om te praat. Hy skud sy kop 'n paar maal heen en weer, heen en weer en toe kyk hy lank en aandagtig na my en ek weet nie wat om te dink van die kyk in sy oë nie, want sy gesig is dié van 'n man in die fleur van sy middeljare, maar die kyk in sy oë is dié van 'n jong jagter.

"Hoe lank ken ons twee mekaar al?" wil hy weet, maar hy gee my nie kans om te praat nie. "Ons ken mekaar so goed en ons weet so baie van mekaar af, maar tog **ken** ons mekaar hoegenaamd nie."

"Wat bedoel jy?" vra ek propvol dommigheid. Ek kyk na my geesgenoot en lag. "Ek weet jy het sewe kinders by vyf vrouens en dat jy net met vier van die vrouens getroud was en dat die rede waarom jy van hulle geskei is, is because all married women are bitches. Ek weet ook dat die vyfde een jou gelos het omdat daar 'n ryk Amerikaner gekom het wat met haar wou trou. Van my weet jy alles: ek is getroud, ek het drie kinders. Ek weet ook dat ek en jy altyd oor alles verskil en daarom weet ek nie waarom ons nou al vir soveel jare vriende bly nie. Wat meer as wat ons van mekaar weet, is daar om van mekaar te weet en te ken?"

Maar die Hoogliedsanger is altyd gereed met 'n antwoord. "Maar jy, jy is anders as al vyf vrouens wat ek beken het en daarom voel dit vir my vandag reg dat ek jou beter wil leer ken, meer van jou wil ken en meer van jou wil weet as net dat jy kan lekker gesels en goed kan argumenteer," en daardie kyk bly in Dennie se swart oë.

"Wat meer wil jy weet? Daar is niks meer om te ken nie. Ek's sommer net ek. Baie gewoon en baie ordinêr. Middeljarig. Onopwindend."

Ergerlik stoot Dennie sy stoel agteruit en kom voor my staan. Hy trek my op uit my ongemaklike stoel en al is ek lank, is ek kort en klein teen hierdie groot man. Ek moet opkyk na hom toe en die glinstering in sy oë laat meteens drome en begeertes in my ontwaak soos wat ek selfs in my jongmeisiedae nie geken het nie, nie geweet het moontlik is nie. Sy groot hande gly sag oor my rug en hy trek my styf teen hom vas. En my formidabele argumentsgenoot verander in 'n teer liedjiesboer van die Ou-testamentiese wêreld.

"Ek wil jou ken én ek wil jou beken, want jy ken jouself nie. En omdat jou oë onvervuld is, wil ek jou vervul, wil ek daardie trek uit jou oë laat verdwyn.

"Kom, ek sluit die winkel en ons gaan na my apartment en ons sluit daardie deur ook en ek neem jou in my arms en ek voer jou mee na 'n hemel van geluk en welsaligheid en vervulling. En as ons moeg is, lê ons stil en lees die Hooglied en ons drink 'n *kiddusj* op die liefde en op vervulling en dan gaan ons weer dieselfde hemel binne. En ons hou aan totdat ons albei alles geleer het van daardie hemel en van mekaar en as dit tyd word vir jou vliegtuig om te vertrek, vergeet ons om lughawe toe te gaan," fluister-brom hy sy eie *Hooglied* met sy diep basstem in my oor.

Teen sy breë bors word my hart groot en swaar van ongekende begeerte en sy borshare kielie my neus. Sy hande streel my rug en my bene word swak en bewerig van naakte, onbeskroomde wellus en my lendene raak klam en die liefdesaroma van hierdie klammigheid warrel-warrel om my neus. Vol ongeduld is al wat ek wil doen om saam met Dennie sy winkel en sy apartment se deure te sluit en vandag en môre en al die baie dae daarna die poorte van die onbekende onontdekte hemel van geluk oop te forseer.

Maar sonder dat ek wil, sonder dat ek daarvoor vra, ontwaak my gereformeerdheid, my aangebore engheid en ek wens dit was nie so nie want dit veroorsaak 'n ongekende gestoei en 'n gewoel tussen begeertes en denke, tussen wat ek wil, wat ek moet, waaraan ek nie mag dink of doen nie.

"Moenie teen jouself, teen jou eie lewensnoodsaaklike behoeftes baklei nie," fluister Dennie se basstem in my oor. "Kom, kom ons sluit hierdie deur en ontsluit die poorte van ewige herinneringe. Kom, laat ons gou maak," en terwyl hy my styf teen hom aandruk, begin hierdie moderne Hooglieddigter om die ligte af te skakel, om die sleutels uit sy broeksak te wikkel. En al verbied my benepe gereformeerdheid my die genot daarvan, bewe die krag van sy begeertes liggies, uitlokkend teen my lyf vol van eie behoeftes en begeertes. Ek begin bewe en meteens wil ek huil, want teen my wil voel ek hoe my gereformeerdheid die stryd teen myself wen.

Saggies, deemoedig en sonder om te wil, maak ek, die verloorder, my los uit sy arms. En sonder dat hy wil, maak ek ook van hom 'n verloorder. Stadig verdwyn sy reuk uit my neus. Ek skud my kop, want ek het nie hande om die trane van frustrasie weg te vee nie. Ek weet ek verneuk myself uit 'n groot vreugde uit. Die behoefte om alles oorboord te gooi en toe te gee aan my verlange na die vreugdes van Dennie se lyf en sy grootheid, wil-wil meer word as my gereformeerdheid wat van kleintyd af deel van my opstaan en van my bedtoeganery is en nog steeds elke dag my kom en my gaan reguleer, beoordeel, veroordeel. Ru en grof, soos die kleed van 'n kadawer, omvou die hartseer en weemoed my.

Vir oulaas sit ek my arms om sy lyf en ek druk myself styf teen hom en sy begeerte vas terwyl ek hom saggies tussen sy baard deur soen.

"Tot siens, my liewe vriend. *Lehitra'ot* tot volgende keer." En ek verag myself en ek weet dat hy weet dat ek lieg, want my *lehitra'ot* beteken hierdie keer nie soos elke ander keer tot weersiens nie, maar tot-nooit-weersien.

En toe ek in die bus klim, sien ek die busbestuurder kyk na my met 'n eienaardige kyk in sy oë en toe ek na my sitplek toe loop, sien ek dieselfde kyk in die oë van die ander passasiers. Ek kyk af. Is my rok vuil of verkreukeld? Maar my rok is skoon en daar is nie een meer of minder kreukeltjie as wat daar behoort te wees nie. Toe sien ek dit ook raak. Soos 'n jongmeisie in die vroeglente van haar eerste liefde en heeltemal in teenstelling met 'n vrou in die nasomer van haar lewe, beur my tepels parmantig en vol begeerte na vore.

Ongetem deur my skynheilige gereformeerdheid is my tepels helder en skerp deur my rok sigbaar en om my dwarrel die aroma van die liefdesklamheid van 'n vrou se lendene. Ek gaan sit en dwing myself om te bly sit terwyl ek sukkel en spook met my liggaam en siel se behoeftes en begeertes. Uiteindelik voel ek hoe die gestoei in my stadig tot bedaring kom.

En in my ontwaak 'n dwingende begeerte om soos 'n kind op die grond te gaan lê en te skop en te slaan in my haat en weersin teen my eie skynheilige, benepe gereformeerdheid wat my vandag uit die hemel en terug na die eensaamheid verneuk het.

Terug by die huis is die een dag soos die ander en die stoei met my verlange en selfveragting bly deel van my dae en nagte. Ek kom by die huis en daar lê 'n brief met Jaffa se posmerk. Sonder dat ek dit wil voel, word ek een groot behoefte en verlange na Dennie se swart koffie en die ongemaklike Herodusstoel in sy oorvol winkel. My hande bewe toe ek die koevert oopskeur. Dit is nie 'n brief nie, net 'n enkele velletjie papier waarop 'n kaartjie geplak is met 'n gedroogde blommetjie daarop en die woorde *Flowers from Bethlehem* dof gedruk daaronder. Onderaan in Hebreeus 'n versreël uit *Hooglied*:

Kom terug, kom terug, Sulammitiese vrou!

My hande bewe nog steeds toe ek die reisagent bel en my plek op die vliegtuig na Israel bespreek en toe skryf ek vir Dennie en my brief is ook 'n aanhaling uit Hooglied, maar ek is so haastig en angstig om hom te laat weet dat ek op pad is na hom toe dat ek vergeet om te sê wanneer ek in Israel sal arriveer.

Die vliegtuig neem dié keer te lank om in Israel te kom en die pad van Ben Gurion na die hotel is nog langer. Al wat ek wil doen, is om vir Dennie te bel, om hom so gou moontlik weer te sien, om sy arms om my te voel, om saam met hom soet swart koffie te drink.

Maar toe ek drie weke later terugkeer Suid-Afrika toe, was ek nooit in Jaffa nie en ek het nooit vir Dennie gebel nie en die verlange in my lendene na my Hoogliedsanger is nooit gestil nie en ek weet dat dit wat ek is, wat my grootword van my gemaak het, my ook nooit sal toelaat om die verlange te stil nie.

En die gedroogde *Flowers of Bethlehem* op die goedkoop kaartjie is steeds my Golgotha se mirre en alwee.

Pou se vere en sy stem

Maria, my oudste suster met die swart hare en die blou oë, het die ware, opregte, ewigdurende, en wie-weet-wat-nog se liefde ontdek.

Dis nou ook nie sommer só 'n liefde nie. Dit is 'n skatryk liefde en Pa en Ma hou nie van hierdie geontdekte liefde nie, maar eintlik hou hulle nie van sy groot mond of van die manier waarop hy sy beursie rondswaai en daarmee loop en spog nie.

Die moeilikheid is nou net so dat hoe minder Ma en Pa van hierdie hemelse en wat nog se liefde hou, hoe meer verlief raak my ousus. Maria se liefde en haar liefde se beursie is egter die rede dat die suurstof in ons huis te min is en die akoestiek hopeloos te goed en daarom loop almal en asem ophou en wals Jan soos 'n wafferse prima donna saggies op die punte van sy rugbyboetse die gang op en af en sy motorfiets se uitlaat ly ook nie meer aan brongitis nie. En ek dink dit is ook sommer hierdie stoepit liefde van Maria se skuld dat ek my aardrykskundetoets gedop het, want wie kan nou leer as jou oudste suster die regte gevoel het vir die verkeerde ou met die verkeerde houding en 'n stywe beursie?

Ma staan en kosmaak en sy sug en sug en sug. Klein wysneus van 'n Petro vra in 'n fluisterstem: "Tot

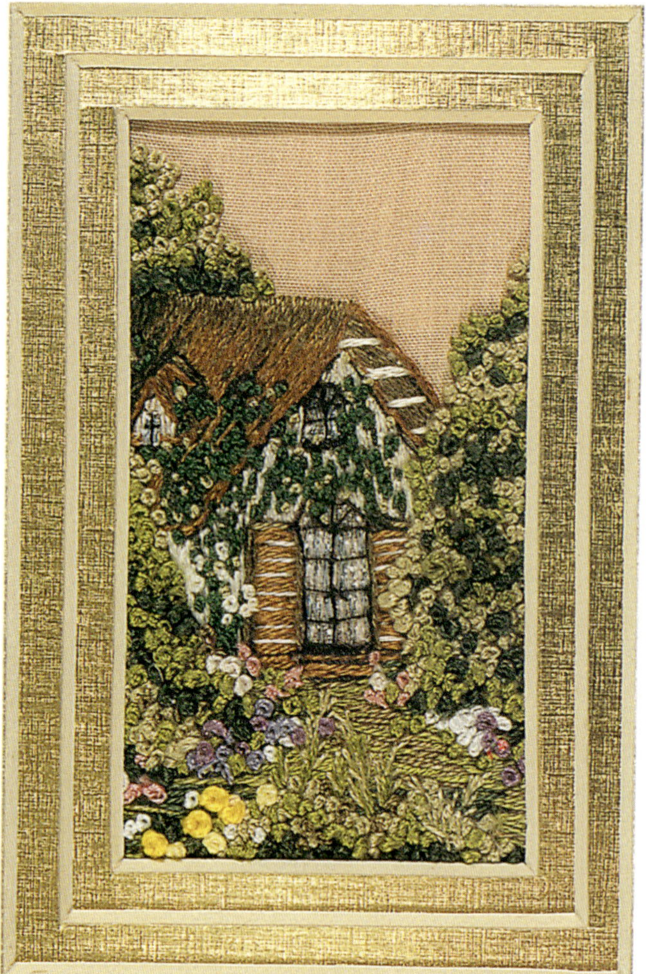

wanneer gaan Maria nog die liefde geontdek het, hê Ma? Is daar nie iets wat haar die liefde kan laat on-ontdek nie, hê Ma?"

Ma sug net en vryf met haar elmboog Petro se hare deurmekaar, want haar hande is rooi soos sy staan en beetslaai maak. En so tussen Ma se gesug en gevryf, kry ek toe mos 'n plan, dié plan van die jaar: Ouma!

Ek hou my plan vir myself, maar toe ek gaan slaap, stel ek die wekker vir vyfuur en ek sit die wekker onder my kussing, sodat ek alleen sal wakker word. En toe die wekker lui, wag ek al vir die geraas en so vinnig soos die wind, maar so sag soos nog iets, is ek met die gang af tot in die studeerkamer en ek bel vir Ouma. Voordat sy kan begin vra hoekom, vertel ek gou-gou in 'n fluisterstem waarom ek so vroeg bel, van Maria wat die verkeerde liefde geontdek het en van Ma wat nie ophou om te sug nie en van Pa wat rondloop met 'n gesig soos 'n brulpadda en die gif van 'n mamba in sy tong en dit alles net oor die geontdekte liefde van Maria. En toe weet ek waarom Ouma my enigste hero is, want sy vra nie vrae nie, sy gee nie raat nie, sy sê net: "Ek bespreek dadelik plek op die volgende vliegtuig en niemand sal weet jy het my gefoun nie, Santie-kind. Gaan slaap nou maar weer verder totdat die res van die huismense begin opstaan. Ouma sal eers kom kyk hoe lyk Maria se ontdekking en dan sal ons begin planmaak." Ek kruip terug bed toe en ek raak sommer dadelik aan die slaap. Al was Ouma nooit 'n Voortrekker nie, is haar woord haar eer en sy is 'n planmaker soos min.

Toe ons die middag by die huis kom, is Ma druk besig om koek te bak, kos te kook en terselfdertyd toe te sien dat die spaarkamer behoorlik skoongemaak word. Al is Ma nou ook Ouma se eie dogter, sit sy altyd die beste voetjie voor as Ouma kom kuier. Pa se gesig lyk nog steeds soos dié van 'n brulpadda met 'n giftige mambatong, maar wil jy glo, ek sien sy oë blink so effens. Pa loop al vir baie jare deur onder Ouma se tong, maar dit is nooit 'n slegte deurloop nie en ek weet Pa glo ook in Ouma en haar planne net soos ek.

"En wat op aarde is nou aan die gang?" vra Maria met haar nuwe aansitstem toe sy en Marc (met 'n c en nie 'n k nie, het sy ons sommer die heel eerste aand ingelig oor sy stoepit naam se grênd spelling) na werk by die huis aankom. Waarom die affêre haar ook elke dag met sy blinkskoon metalliek-bloe kar moet kom op- en aflaai, sal net hy en sy weet.

"Ouma kom kuier!" jubel Petro dit uit. Maria trek 'n gesig, maar ek weet dit is sommer net van haar nuwe grêndheid, want ek weet mos goed hoe lief sy vir Ouma is. Marc (met 'n c) slaan sy oë hemelwaarts en ek wens sommer hy wil ook opstyg en sommer daar bly. Maar toemaar, hy ken nog nie vir Ouma nie!

Ma en Pa gaan alleen lughawe toe om vir Ouma te gaan haal. Sy kom by die huis en sy knyp my wang en knipoog vir my en ek weet niemand sal ooit by haar hoor dat ek haar laat weet het van die ontdekking van Maria nie.

Die volgende dag is Saterdag en niemand werk nie. Maria het haar hare gewas en sy sit by Ouma terwyl sy haar hare met die warmborsel bewerk vir die aand se uitgaan met daardie stoepit mansmens en sy beursie. Sy dink Ouma weet niks van haar verskriklike wonderlike ontdekking nie en daarom vertel sy vir Ouma en sommer vir almal wat wil luister van die wonder van die liefde en van haar ontdekking se beursie.

"En Ouma moet hulle huis sien!" swoon sy. "Hulle bly in een van die deftigste voorstede van Sandton en die erf is so groot soos 'n klein plasie." Ek hoor hoe mompel Jan so tussen die koffie en beskuit deur: "Sak Sarel, sak," maar gelukkig hoor Maria nie.

"En die huis, Ouma! Die huis is drie verdiepings hoog en daar is ses garages en dan is daar nog voor elke garage 'n motorafdak ook, want hulle het so baie karre. Die huis is spierwit sonder 'n enkele vuil kol van balle wat daarteen gebons word," en sy kyk vir my en Petro. "Oe, Ouma, en die mure met so hier en daar 'n kol eiloof laat die huis nog meer soos 'n prentjie lyk. Binne is die huis ook net so mooi. Marc se mammie het binnenshuisversierders uit die Kaap laat kom om hulle huis te *doen*, want sy sê al die beste versierders en dié met die meeste klas en styl is in die Kaap. En om die huis is daar groot grasperke met hoë bome en hulle het vyf poue wat op die grasperk loop en pronk. Marc se mammie sê dit is tog baie mooier en baie minder moeite om poue aan te hou as om voortdurend van die een seisoen na die ander blomme te plant en struike te snoei en al die peste te bestry."

Dit lyk of Ouma baie aandagtig net na Maria luister, maar toe sy praat, is dit met my en met Petro en met Jan en sy kyk nie eers vir Maria nie.

"Ken julle die storie oor hoe die pou sy deftige vere gekry het?"

"Vertel, 'seblief, Ouma. Vertel sommer nou vir ons!" soebat ek en Petro, want ons is mal oor Ouma se stories, maar omdat ek Ouma so goed ken, weet ek die storie beteken sy het 'n plan gekry en ek is weer dankbaar vir so 'n slim ouma, vir die slimste ouma in die hele wêreld.

"Lank, lank gelede," begin Ouma en ek sien Maria loop nie weg nie. "Lank, lank gelede was al die diere en voëls kaal en almal se stemme het presies eners geklink: hees. Die een was so kaal en so hees soos die ander en daar was geen manier om hulle uit te ken nie. Die ergste van alles was dat die son hulle gaar gebak het in die somer en in die winter was hulle almal nog heser omdat hulle kele seer was van die verkoues wat hulle gekry het van hulle kaallopery.

"Nou ja, eendag besluit koning Leeu en ou Uil, die koning se raadgewer, dat genoeg nou genoeg is en dat daar 'n plan of twee gemaak moet word om vir die diere elkeen sy eie jas en sy eie stem in die hande te kry. Na baie dink kry hulle die slim plan om eers twee kamers met sterk deure te bou en daarna al die diere en voëls te stuur om alles waarop hulle die pote en die kloue kan lê en wat sal deug vir diereklere, aan te dra. Terwyl hulle so soek na geskikte materiaal, moet hulle sommer terselfdertyd stemme bymekaar maak en dié sal dan in die ander kamer gebêre word en sodra daar genoeg van alles is, sal koning Leeu en oupa Uil die klere en die stemme onder die diere verdeel.

"Die diere was tog te bly en al te dankbaar oor die wonderlike plan van hulle slim koning en sy vriend. Hulle het ywerig gewerk om alles bymekaar te maak, en uiteindelik het hulle al twee kamers propvol gehad. Eintlik moet ek seker sê dat al die diere behalwe Pou baie hard gewerk het. Hy het die werkery so beskou en toe vir homself vertel dat hy glad nie van plan is om hom dood te werk ter wille van enige ander dier nie en daarom het hy sy lyf toe maar skaars gehou totdat die bevel van koning Leeu kom dat almal hulle moet aanmeld sodat elkeen die regte jas en die regte stem kan kry.

"Toe Pou aankom, was al die ander diere al daar en hy moes heel laaste in die tou gaan inval. Dit het hom woedend gemaak. Kan die ander dan nie sien dat hy die vernaamste van alle diere is nie? Hy probeer eers om voor in die ry te gaan indruk maar die ander diere het hom baie gou verwilder. Baie kwaad draai hy toe om en begin planne maak hoe om die beste vir homself in die hande te kry.

"Toe al die diere vas aan die slaap is, sluip Pou versigtig na die eerste kamer toe en sukkel en spook totdat hy die venster oop het en toe begin hy rondkyk watter jas gaan by so 'n vername voël soos wat hyself gedink het hy is, pas. Hy soek en soek en net toe hy wou begin moedeloos raak, ontdek hy die rakke met die vere. O, en daar kry hy toe die allermooiste vere waaraan 'n kaal voël met 'n te groot kop maar kan dink. Het julle al gesien hoe klein 'n pou se kop regtig is?

"Nou ja, toe hy die rakke met vere raaksien, het Pou dadelik geweet dit is presies wat hy wil hê, wat hy nodig het, sodat almal kan sien hoe vernaam hy eintlik is. Hy gryp hier en los daar, maar uiteindelik het hy sy lyf met al die mooiste vere wat daar is, bedek en toe maak hy nog vir homself 'n kroontjie vir sy kop ook! Maar wat sien hy toe? Daar lê nog hope en hope pragtige vere met die allermooiste kleure en omdat hy so selfsugtig is dat hy niemand anders iets gun nie, gryp hy hierdie vere ook en gou-gou het hy die mooiste waaierstert in die hele wêreld. Toe sluip hy na die ander kamer toe want vir so 'n mooi voël is net die mooiste stem in die hele wêreld goed genoeg.

"Hy soek en soek, maar hy kan net nie die regte stem kry nie. Die een klink so en die ander sus en hy is met niks tevrede nie, want hy wil nie net gesien word nie, hy wil ook gehoor word. Hy was nog druk besig om te soek toe hoor hy die diere het wakker geword en hulle begin nader staan om hulle jasse en stemme te kry. Eers toe koning Leeu die stemkamer se deur oopmaak, kry Pou wat hy soek: die mooiste versierde blik wat hy nog gesien het met 'n stem daarin. Hy weet sommer dat hy nie net die heel mooiste voël is nie, maar hy weet ook dat hy nou die heel mooiste stem in die hele wêreld gekry het. Hy is daarvan oortuig dat net die mooiste stem in die hele wêreld in so 'n pragtig versierde blik gebêre sal word. Nou gaan hy die enigste volmaakte voël wees.

"Koning Leeu, oupa Uil en die ander diere was woedend toe hulle sien Pou het al die mooiste vere gesteel en aan sy eie lyf gehang. Woedend bestorm koning Leeu sommer vir Pou wat doodstil bly staan, omdat hy weet hoe mooi hy is en omdat hy daarvan oortuig is dat so 'n mooi voël met 'n kroontjie klaar op sy kop, van nou af die koning van die diere moet wees. Grootdoenerig tel hy sy kop hoog op, sodat almal die kroontjie goed kan sien en toe sprei hy sy waaierstert wyd oop, maar toe maak hy sy mond oop om vir die diere te vertel dat hy van nou af aan hulle koning gaan wees. Heigent hert, kinders! Toe is dit darem maar 'n konsternasie en 'n groot gelag, want toe hierdie grênd voël sy mond oopmaak, hoor al die diere hoe skreeu die lelikste blikstem waaraan jy kan dink: 'Kôô' helllp! Kôô' helllpp!'

"Pou het hom boeglam geskrik toe hy sy lelike stem hoor en hy het sommer so gou as wat hy kon, weggehardloop, want hy het sy lyf so swaar gelaai met die gesteelde vere dat hy van toe af nooit weer kon vlieg nie. Van daardie dag af skaam hy hom so vir sy grênd vere wat hy gesteel het en vir sy blikstem dat jy 'n pou se geroep maar baie selde hoor."

Pa wat sonder dat ons hom gesien het ook nader gestaan het, want hy is ook mal oor Ouma se stories al sal hy dit nooit erken nie, brom onderlangs: "Ek sê mos nog die hele tyd: Bo bont..."

"Marthinus!" waarsku Ouma met 'n kwaai stem, maar ek wat haar so goed ken, hoor die laggie in haar stem.

Toe Ouma twee weke later teruggaan na haar eie huis toe, toe is Maria se groot liefde nie meer geontdek nie. Toe Jan vir haar vra waar Marc (met 'n c) deesdae is, sê Maria:

"Hy is 'n pou met 'n blikstem." Meer wou sy nie sê nie, maar ons was almal so bly dat sy ook nie nodig gehad het om meer te sê nie. Gelukkig dat sy nie vir Pa agter die koerant hoor brom het nie: "Bo bont..."

Ag, dis darem lekker as die suurstof in die huis weer genoeg is en die akoestiek ook sommer weer net reg is. Dis mos soos 'n huis moet voel en klink. Maar die lekkerste is dat Maria nou weer haarself is vandat sy (met Ouma se hulp al weet sy dit nie) die liefde onontdek het.

Akalifas

Sy aan sy, in ryp najaarskleure, blom die akalifas langs die pad na die suide van Natal. Veelkleurig, bedrieglik vrolik, dans hulle die kalifa, swaai en draai en spring in die gevaarlike sabeldans. In die ryp najaar ken hulle hulself, mekaar, die lewe. Hulle weet van saamstaan en van moedhou en uithou, of die weer nou goed of minder goed is.

Ons vriendskap is 'n saamloop van meer dekades as wat ons altyd kan of wil onthou. Is die beste van die najaar dan nie daardie vriendskappe wat in die voorjaar gesluit is nie?

Die saamloop en saambeleef kom van studentedae af. Saam-saam het ons getrou en saam kinders grootgemaak. Al is sommige van ons nog deel van 'n paar, loop ander weer alleen, dra ons saam aan die littekens van die lewe. Ondanks die oppe en die affe, ondanks die uitdy van die lywe en die stywe broekies wat veronderstel is om die rondheid te verbloem, ken ons mekaar, verstaan en aanvaar mekaar. En ons almal weet van die krag en eerlikheid van 'n vriendskap oor baie dekades.

Dit is dié vriendskappe wat jou laat voortstu en aankruie, selfs wanneer jou moed min is. En soos die jare nog nooit die kwaliteit van ons vriendskap verander het nie, so het dit ons ook nie ontneem van die genade om (ook vir onsself) te lag nie. En wat maak dit saak as die lag so dikwels 'n traan wegsteek?

Dit is ons lag en dit is ons trane. Hierdie vriendskap, hierdie saamloop, hierdie saambeleef, maak van ons saamdansers op die pad van die lewe, op die dun snykant van menswees.

Ryk, vol, rond en ryp het ons ook eens die era van die man beleef. Daardie tyd wanneer al die belangrikste mense op jou pad tot die manlike geslag behoort: die dokter, die tandarts, die haarkapper, die ginekoloog, die koppesneller. Maar met die koms van die verkeerde kant van agt en twintig, breek die verlossende era van die Groot Verligting aan, die *Aufklärung* van alle tye.

Dit is die tyd om die waarde van die vrou te ontdek. Maar voordat dit kan gebeur, moet jy alle mense toelaat om asof geslagloos voor en langs en agter jou as medemense te staan. In hierdie era van volkome bevryding word al die belangrikste mense in jou lewe moontlik vroue: jou dokter, jou ginekoloog, jou tandarts, jou haarkapster, jou koppesneller, jou brandstofjoggie, jou beste vriende.

Die eerste Woensdag van elke maand behoort aan onsself en aan mekaar. Die tee wat ons drink, is swart soos voorgeskryf deur die dieetkundige ('n vrou). Die kyk waarmee ons na die jong vroue kyk, is een van meewarige beterweet. Die kyk waarmee ons na die jong manne kyk, is dié van ervare kenners. Die dae van kyk en begeer met lus en lis is vir goed verby. En dit maak nou se kyk soveel lekkerder as dié van weleer. Want ons is geoefende teedrinkers en appelterteters. En kenners.

En wat en vir wie maak dit saak as die dag se dinge die prinses se ertjiepit word? Môre is jy weer een van die bedrewe dansers van die kalifa op die vlymskerp lem van die lewe. Ons, die akalifas, kiertsorent trots, vol, rond en ryk in ons najaarskleure, ons tooi die pad.